明治41年11月，婚約者神尾安子に送ったもの

有島武郎

有島武郎

●人と作品●

福田清人
高原二郎

CenturyBooks　清水書院

原文引用の際、漢字については、
できるだけ当用漢字を使用した。

序

人類の歴史に、いろいろな業績を刻み残した人物の伝記や、あるいはすぐれた文学作品に、青春の折、ふれることは、人間の精神形成に、豊かなものを加えてくれる。

ことに苦難をのりこえて、美や真実を追求した文学者の伝記は、強い興味と感動をよぶものがあり、その作品の鑑賞、理解に欠かすことのできないものである。

たまたま私は清水書院より、若い世代を対象とする近代作家の伝記、及びその主要作品を解説する新鮮な「人と作品」叢書編纂の相談を受けた。既成の研究者よりむしろ若い世代にふさわしい新人がのぞましいということであったので、私が出講していた立教大学の大学院に席をおき、近代文学を専攻している諸君を主として推薦することとした。また私も編者として名前を連ねる責任上、だいたいの構成を示すと共に、その原稿には眼を通した。

こうして第一期九巻はすでに刊行をみたが、さいわい好評のようである。

つづいて第二期中の一巻がこの「有島武郎」である。執筆者高原二郎君は、学部及び修士論文もこの作家を選び、一貫して有島研究に没頭してきて、現在博士課程で塩田良平博士の研究室にいる。

ここに白樺派中、もっとも時代に敏感に、良心的に生きようとしたこの作家の振幅の多かった生涯を描き、またその主要作品を掘りさげて考察している。
筆者は、高校の教壇に立ったこともあり、その経験を生かし若い世代にも納得のゆくような表現で、この作家を描いてくれている。

福田清人

目次

第一編　有島武郎の生涯

「二つの道がある。一つは赤く、一つは青い。凡ての人が色々の仕方で其の上を歩いて居る。……揺籃《ようらん》の前で道は二つに分れ、それが松葉つなぎの様に入れ違つて、仕舞に墓場で絶えて居る。」(「二つの道」)

炎のような紅《くれない》の情熱にのみ、人はその生涯を生きることはできない。またしかし、つめたく淀んだ藍《あい》色の理知の中に身を潜ませて、さながら人生の傍観者のようにさめた生をやりすごすことも、できるものではない。それらは一人一人の人間にさまざまな色合いで溶けこんで、いつの場合にもその人の体と心とを形づくる。あるときは欲望であり激しい情念の世界でもあり、あるときはまた冷静な判断力であるとともにより良くありたいと望む人の精神のよりどころでもあろう。

いま前者を肉の世界と呼び、後者を霊の世界と呼ぶとすれば、かりに霊が肉を制した場合、その人を理知的な人と呼ぶかもしれない。反対に肉が霊を踏みにじったとすれば、その人を感情的な人と呼ぶかもしれない。けれどもこの二つの人間的要素がたがいに強く力を張りあって、倦《う》むことのないせめぎ合いを演じつづけたとすれば、いったいその人の生とはどのようなものであろうか。

有島武郎は、そのような人であった。

欧化風潮のなかで

明治維新といえばずいぶん遠いことのように思える。実際それはもはや百年も昔の話である。けれどもたとえば西郷隆盛が、と語りかけられたならば、あの上野の丘の愛犬をつれた大きな銅像とともに、百年も近しいものに感じられてくる。生まれたばかりの維新政府を相手に彼が戦《いくさ》を起こしたのはちょうど今から九十年ほど前のことだった。

北の血と南の血

有島武郎は、この西南の役からおよそ半年後の明治十一年三月四日に、現在の東京都文京区水道町五十二番地で誕生した。今でこそこの地区は東京の中心地ともなっているのだが、武郎の生まれた当時はまだ村と呼ばれるほどの所だったらしく、東京全体もまだ新しい政治体制になじんではいなかった。それもそのはずで、天皇が京都から東京へ移ったいわゆる東京遷都《せんと》の行なわれたのが明治二年、廃藩置県によって徳川幕府の古い土地制度が改められた時が明治四年、つまり武郎の生まれる七年前でしかなかったのである。それゆえ日本国中があわただしい状況下に置かれ、いたる所で混乱や謀反《むほん》が続出した。佐賀の乱、萩の乱、秋月の乱などはこの代表的なものであり、その最大の乱が西南の役であった。

武郎の父は有島武《たけし》と言う。西郷隆盛と同じ鹿児島の人である。鹿児島は徳川時代まで島津藩の領地で、武

父　武

の家柄はこの島津家の分家筋にあたる平佐藩主に仕えた士族だった。しかし明治二年の版籍奉還によって祿高が削られ、生活は苦しくなり、加えて四年に父（武郎の祖父）を失なった。武はこれを機会に志を新たにして、東京へ出る決意をかためた。

当時東京の新政府では薩長土肥の藩閥《ばつ》が力を握っており、とりわけ薩摩と長州とは政権を欲しいままにしていた。したがって武もまた薩摩藩の出身者として身を立て、大蔵省の税務関係の役人になったのである。武は主として関税の役務にたずさわったが、南方人らしい情熱家であり、その仕事ぶりは目ざましいものだったという。武郎は後年、父武を次のように述懐している。

「私の家は代々薩摩の国に住んで居たので、父は他の血を混《まじ》へない純粋の薩摩人と云つて可《い》い。私の眼から見ると、父の性格は非常に真正直な、又細心な或る意味の執拗《しつよう》な性質を有《も》つて居た。そして外面的には随分《ずいぶん》冷淡に見える場合が無いではなかつたが、内部には恐ろしい熱情を有つた男であつた。此の点は純粋の九州人に独得な所である。一時に或る事に自分の注意を集中した場合に、殆《ほと》んど寝食を忘れてしまふ。国事にでも或は自分の仕事にでも熱中すると、人と話をしてゐながら、相手の言ふ事が聞き取れない程他を顧みないので、狂人のやうな状態に陥つた事は、私の知つて居るだけでも、少くとも三度はあつた。」(「私の父と母」)

武郎はこの父の熱い血を授《さず》かって生まれた。ともすれば冷静な判断力を見失なうほどの情の激しさに、後《のち》後はかり知れない苦しみを味わうこととなる。

武郎の母幸子《ゆきこ》は南部藩(今の盛岡)の出身である。彼女は北国の人らしく落ち着いた理性的な女性だった。しかし幸子もまた外面とはうらはらな激しい性格を内に潜ませていたようである。若い頃極度に苦しんだり悲しんだりすると卒倒して気を失なうことすらあり、その発作の激しさには男が二、三人かかって取り押さえねばならなかったという。武郎をはじめ子供たちは、母がそのまま死んでしまうのではないかとよく心配した。後年武郎自身がそのように述べている。

とは言うものの、幸子もまた武家の家柄に育った女性である。幼ない頃に上の兄姉たちが早くなくなったので、男装をさせられてきびしいしつけを受けた。特に十三歳の頃から三年ほどのあいだ、水戸の徳川副将軍家の姫君に仕えたこともあり、士族の子女としてのたしなみを堅く身につけて育っている。それゆえ激しい人柄ではあっても、それをつねに内におさえて表面に出すことをしなかった。この点が父武と異なっている。

武郎はこの理智的な母の血をも授かって生まれた。その面長《おもなが》のつつしみ深い顔だちは母に似たものであろう。武郎はいう。

「要するに、根柢に於《おい》て父は感情的であり、母は理性的であるやうに想《おも》ふ。私達の性格は両親から承け

母　幸子

継いだ冷静な北方の血と、割りに濃い南方の血とが混り合つて出来てゐる。」（「私の父と母」）

「一つは赤く、一つは青い。」この象徴的な言葉は武郎の生まれた星をそのまま暗示していたのであろうか。成長するにつれ、また人としてあるべき道を考えはじめるにつけ、有島武郎という作家はこの感情と理知との絶え間ない相剋《そうこく》にさいなまれつづけて、ついにはみずからの思想と生命とを断ってしまうのである。

坊さんばあさん

武郎が生まれたとき父は三十六歳、母は二十四歳だった。結婚後一年たらずのことであり、当時としてはずいぶん遅い結婚である。それだけに父の喜びは深かった。当時まだ長男はその家を継いで立つべき身分を習慣づけられており、しかもその長男が生まれたのである。だからお七夜には親戚や知人のすべてを招待して盛大な祝宴の席を張った。この日の父の喜びようといったらなかった。うれしいことがあれば子供のように無邪気《むじゃき》な表情をみせる父の笑顔が、このときは一日中客人たちの間をこおどりしてまわった。おかげで産後まもない母の幸子は気疲れとともに貧血さえおこしたという。

誕生後まもなく一家は住居を変えた。さし迫った事情があったのではない。父がどうしてだか移転好きだったのである。武郎が二歳を越える頃までに三回も住居を移していることからも、そのほどが知れよう。そして二回目に移った時、武郎には妹ができた。長女の愛子が誕生したのである。

愛子が生まれてまもなく、一家は神田南神保町へ移った。家族は愛子を加えてにぎやかさを増した。また家の前の通りをへだてた向かいには叔父の家があって、武郎の大好きな「坊さんばあさん」が一緒にいた。母の幸子と叔父の英郎とを生んだ、武郎からみれば祖母にあたる人で、名を静子という。彼女は名のとおり気品のあるやさしい人柄で宗教心があつく、ひたすら浄土真宗を信仰していた。だから子供たちがそのように呼びならわしたのである。三歳になったばかりの武郎はこの静子おばあさんを相手に一日中遊んだ。とりわけ武郎の好きな遊びはなぞなぞ遊びだった。静子の炬燵《こたつ》の前にはいつも氷砂糖が置かれている。当時まだ氷砂糖が珍しい。武郎はそのすき透《とお》った、口がとろけるように甘いお菓子をみると、すぐ彼女になぞなぞをかけはじめ、幼ない小さな首をふりながら静子を困らせようとする。そして静子が困ってくれると、罰金だと言って氷砂糖のひと粒を口に入れてもらうのである。

かと思うと静子はまた武郎にさまざまな遊び道具を作ってくれた。なかでも彼女の編んだ烏帽子《えぼし》や陣羽織《じんばおり》は武郎をよろこばせた。それらを身につけておもちゃの刀を腰にさげるとかわいらしい武者ができあがった。武郎は侍《さむらい》の大将にでもなったようにうれしくなり、勇んで庭へとび降りると近所の友だちを集め、池の周囲を走りまわっては日の暮れるのも忘れて戦《いくさ》遊びにふけった。

このように武郎をいつくしんだ祖母の静子はまた一家の中でも不思議な存在であった。彼女はその後武郎

有島家の家系図

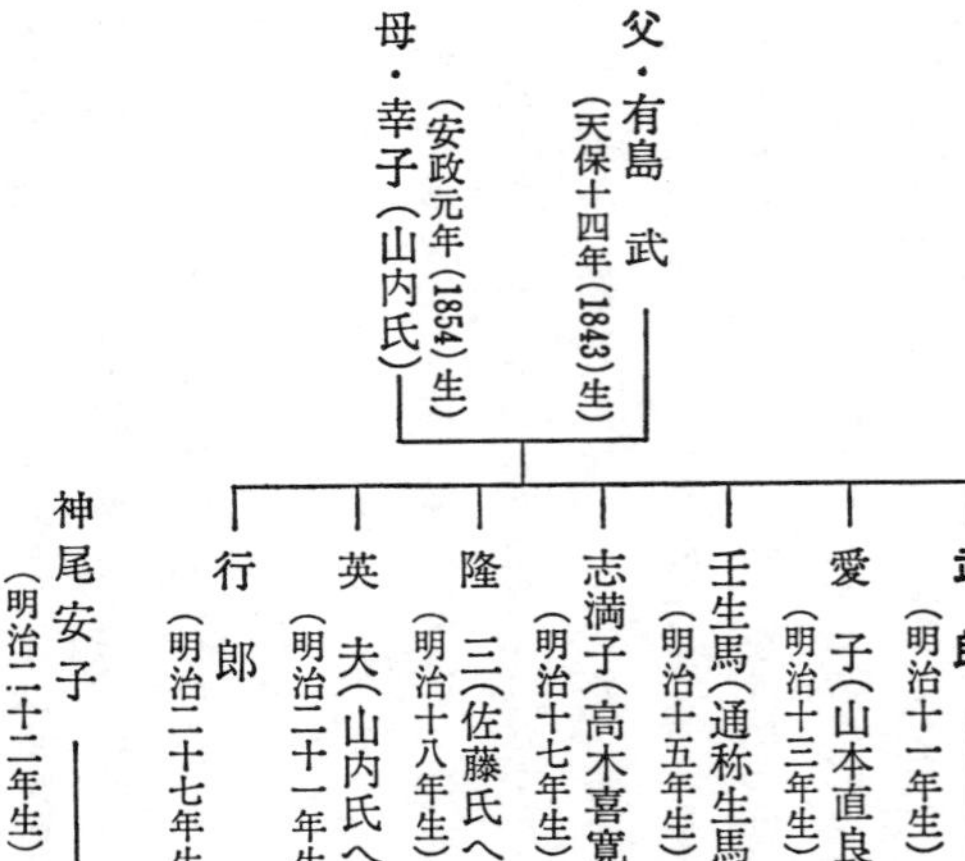

の家に身を寄せるのだが、武郎が病気にでもなれば寝ずの看病をし、またその並すぐれた宗教心で父母のいさかいをもなだめ、激しい父母の性格を信仰心によって少しずつ穏やかな人柄に変えてゆくとともに、武郎自身の性格にも強く影響した。彼女はその柔和な人間味で武郎たちを包みながらも、武郎が成長するにつれて「一心」とか「克己」とかを説いて若い武郎の精神的支柱となったのである。

有島武郎という作家には、キリスト教を中心とした信仰の問題が深く絡《から》んでいるのだが、その出発点に、祖母静子によって親しんだ宗教的雰《ふん》囲気があるということを記憶にとどめておきたい。

横浜

神田に移って一年あまり、武郎が四歳をすぎた夏、父武は横浜の税関長に昇進した。そこで一家はまた住居《すまい》を変えることとなり、叔父と祖母とを東京に残して横浜市月岡町の税関官舎へ移った。明治十五年六月のことである。

このころの横浜は鎖国が解かれて間もなく開かれた港町であり、今日の大都市は想像にも及ばない新開地であった。とはいうものの日本が海外へ向けて開いた中心的な貿易港であり、明治五年にはよく知られているとおり新橋・横浜間の鉄道も開通した。そして市街地には外国公館や商社、あるいは外人居留地や教会が建ちならび、外人墓地なども出来て、かつての日本にない風景が展開され、異国情緒の豊かな町として発展しはじめていた。

にぎやかな海外貿易港の税関長としての父の生活は多忙をきわめた。おのずから社交界に顔を出す機会がふえ、夫婦そろってしばしば舞踏会や祝賀会へ出席するようにもなって、外国人との交際が深まっていった。世に鹿鳴館《ろくめいかん》時代と呼ばれる西欧化の風潮の最尖端を生活していたのである。この間明治十五年には弟壬生馬《みぶま》が誕生し、十七年に次女志満子が、十八年には三男隆三がそれぞれ誕生した。

父の武は、将来の日本人が外国の風俗習慣を知ることの必要性を考えて、武郎と愛子との二人をアメリカ人の家庭に学ばせた。武郎が五歳をすぎた時である。二人は朝から夕刻までそこで英会話を勉強し、その家庭の生活習慣を身につけることとなった。そして次の年、武郎は山の手にある英和学校に入学した。いわゆるミッション・スクールで、武郎はこの学校から正式にキリスト教精神による欧米式の教育を受ける。妹の愛子も年齢は足りなかったがこの学校の教育を受けた。

しかし反面、家庭での教育は昔ながらの日本風な、そしてきわめて厳格なものであった。朝早く起こされて庭で立ち木打ち（鹿児島に今でも盛んな剣術の一流派の練習）をさせられ、弓道から馬術に至るまで身につけさせられるとともに、母のきびしい指導によって、大学・論語といった漢籍をも読まされている。ここでも武郎は、西欧的精神教育と日本的なそれとの二面性を学ばされたと言えよう。

武郎はこのころからすでに心のやさしいきょうだい思いの少年であった。あるクリスマスの日のこと、武郎も愛子もその日は英語の詩を暗記して学校で朗読することになっていた。この日のために学校の行き帰りには二人で一生懸命練習をした。武郎は愛子の発音を直したりまちがいを注意してやったり、お兄さんらしく気をつかった。当日、武郎はみごとに詩を暗誦し終わってたいそうほめられ、童話の絵本など褒美《ほうび》にもらったのだった。そしてその帰りぎわ、武郎はひとり先生の室に呼ばれた。愛子を外に待たせてはいってゆくと、部屋にはみごとなクリスマス・ケーキが飾られてあった。先生はそのケーキの方へ近づき、手に持ったナイフで切り分けて、その一つを武郎のところへ持ってきた。そして、妹さんにもあげたいのだがそうすれば他の生徒に不公平なのでここで食べてゆきなさい、と言った。もちろんケーキもその日の褒美なのである。武郎は美しいケーキの一切れを手にしてうれしそうな笑顔をみせていたが、何を思ったのか急にそれを口いっぱいに頬張《ほおば》りはじめた。両方のほほがぷっくりとふくらんで、その顔のおかしさに思わず先生が吹き出そうとしたとき、武郎はひとつ顔を下げたかと思うと大急ぎで部屋を飛び出して行った。門の外には愛子が待っていたのである。せめて少しでも妹に分けたい一心から、口に含んで出てきたのだった。

一房の葡萄《ぶどう》

武郎はまた絵を描くことがたいそう好きである。弟の壬生馬（生馬）は後に日本の洋画界の先駆者として活躍するのだが、武郎も少年時代から絵画に親しみ、人並すぐれた才能のきざしを示していた。彼は毎日、学校の行き帰りに見わたすことができる真青な海や、海に浮んでいる外国の船をつくづく眺めては、それを家で美しく描きあげてみた。ところが武郎の絵の具では、透《す》きとおるような海の青さや、船に塗ってある赤い色の美しさがどうしても出ないのである。おそらく日本でできた絵の具の色質がまだよくなかったにちがいない。学校の外人の友だちは武郎よりずっとまずい絵を描くのに、色をつけると逆にずっとじょうずにみえる。武郎はそれらの友だちの絵の具を見るたびに、あんな美しい絵の具を持てたらどんなにか楽しいものだろうと思いつづけた。とりわけ武郎が欲しく思ったのは青と赤との二色だった。けれども内気な武郎はそのことを父にも母にも願い出せないままに、ただ思いつづけながらぐずぐずと過ごしていった。

ある深まった秋の日のことだった。突き抜けるように青々と澄み渡った空の下で、クラスの生徒たちはひとかたまりになって昼の弁当をひろげた。武郎の大好きな美しい外人の先生をかこんで楽しい食事が始まった。少し離れた校舎にはぶどうの蔓《つる》が壁いっぱいに絡《から》み、黄色くかがやいた葉の茂《しげ》みのあちこちには房になった紫色のまるい実がのぞいていた。ゆたかな日の光りを受けた生徒たちの表情にはいささかのかげりも見えない。そんな中で、武郎の顔色だけは心なしか青白んでみえた。絵の具のことを考えつづけていたのだろうか。

そのうち食事を終えた者が運動場で遊びはじめた。だが生来おとなしい武郎は他の生徒たちのように走りまわることもせず、弁当箱をしまって立ちあがると一人で教室の方へ歩いていった。

教室の中はがらんと静まって誰もいない。そのまま自分の席に着いたものの、彼の眼は何かを思ってでもいるかのように、時折ある一つの机に引きつけられた。その机の中には、あの鮮かな海の色と美しい船の色とのはいった絵の具箱がしまわれている。胸のあたりが少しずつ熱くなってきた。いけないことなのだ、そう思って武郎は自分を落ち着けようとした。しかしじっとしていればいるほど心臓の音ははや〻激しく勢いづいてくる。顔が紅くほてってくるのを感じた。胸がしめつけられるように苦しい。いけないいけない……その瞬間、午後の始まりの鐘がけたたましく武郎の耳をうった。彼は夢でも見ているような気持でふらふらと立ちあがって、机に近づいた。開け放った教室の窓を吹き込んだ秋の風が、わざとらしく武郎の首筋をかすめて去った。

少年の頃の武郎が犯したただ一つの悪いことであった。これは後に「一房の葡萄」と題した童話になっている。もちろんこの憎めない出来事はすぐ知れてしまった。昼休み教室に居たのは武郎一人だったから。午後の一時間目が終わってまもなく相手の友人にせめられ、気の弱い武郎はしくしく泣き出してしまった。友人の手が武郎のポケットにはいったかと思うとすぐ二色の絵の具をつかみ出した。彼は泣いている武郎を担任の先生の部屋へひきつれてゆき、すべてを話してしまった。武郎はこの若い女性の先生が大好きだったので、恥かしさと悲しさとがいち時に体中をかけまわり、とうとう本気に泣きはじめた。先生は生徒たちを教室へ帰して部屋の戸を閉めると、「絵の具は返しましたか」、と武郎の肩を抱くようにしてやさしくたずねた。武郎はその言葉に深くうなずくと、先生にすがりつくようにして泣いた。

「『あなたは自分のしたことをいやなことだつたと思つてゐますか』

もう一度さう先生が仰しやつた時には、僕はもうたまりませんでした。ぶる〱と震へてしかたがない唇《くちびる》を噛《か》みしめても噛みしめても泣声《なきごえ》が出て、眼からは涙がむやみに流れて来るのです。もう先生に抱かれたまゝ死んでしまひたいやうな心持になつてしまひました。

『あなたはもう泣くんぢやない。よく解《わか》つたらそれでいゝから泣くのをやめませう、ね。次の時間には教場に出ないでもよろしいから、私のこのお部屋にいらつしやい。静かにしてこゝにいらつしやい。私が教場から帰るまでこゝにいらつしやいよ、いゝ?』と仰しやりながら僕を長椅子に坐らせて、その時また勉強の鐘がなつたので、机の上の書物を取り上げて、僕の方を見てゐられましたが、二階の窓まで高く這ひ上つた葡萄蔓《ぶどうづる》から、一房の西洋葡萄をもぎとつて、しく〱と泣きつゞけてゐた僕の膝の上にそれをおいて、静かに部屋を出て行きなさいました。」(「一房の葡萄」)

武郎は長椅子の上で、いつのまにか泣き寝入りをしてしまった。ふと肩をゆすられて目をさますと、先生が笑いながら立っていた。恥かしさと悲しさとがまた武郎をせめようとしたとき、

『そんなに悲しい顔をしないでもよろしい。もうみんな帰つてしまひましたから、あなたもお帰りなさい。そして明日はどんなことがあつても学校に来なければなりませんよ。あなたの顔を見ないと私は悲しく思ひますよ。屹度《きつと》ですよ』

さういつて先生は僕のカバンの中にそつと葡萄の房を入れて下さいました。僕はいつものやうに海岸通りを、海を眺めたり船を眺めたりしながら、つまらなく家に帰りました。そして葡萄をおいしく喰べてしまひました。」（「一房の葡萄」）

もし話がこれだけのものならば、この出来事は武郎の将来にとって、うしろめたい記憶として残ったにちがいない。しかしそうでなかったところに武郎の精神形成を助けた大切な要素が含まれている。七歳の幼い子供であってみれば、このような事の後には学校へなど行きたくもなくなるだろう。武郎もまたそのように思った。けれども武郎は美しい先生の最後のひと言を大切にした。自分が学校へ出なければ先生を悲しませる、そのように考えて彼は翌日も学校へ出かけた。クラスの者から非難される辛《つら》さをふり切って学校へ着いてみると、第一に出迎えてくれたのは思いがけなくも絵の具を失敬された相手の友人であった。彼は武郎の手をひいて先生の部屋へゆき、そこで仲直りの握手を求めてきた。武郎が驚いている前で先生はにこにこしながら「昨日の葡萄はおいしかったの」と問いかける。「そんなら又あげませうね」と言って、その細いまっ白な手先にぶどうの一房をちぎって、それを二つに切ると二人に分け与えたのである。

この人を傷つけない人格尊重の精神は、横浜のような新しい世界と接し得る土地柄でなければ有り得なかつたと言えよう。武郎は明治の初期に育ちながら、この珍しく自由な精神と雰囲気との中で成長することによって、日本に少ない西欧的色彩を本質的に備えた作家になってゆく。

「僕はその時から前より少しいゝ子になり、少しはにかみ屋でなくなつたやうです。それにしても僕の大好きなあのいゝ先生はどこに行かれたでせう。もう二度と遇《あ》へないと知りながら、僕は今でもあの先生がゐたらなあと思ひます。秋になるといつでも葡萄の房は紫色に色づいて美しく粉をふきますけれども、それを受けた大理石のやうな白い美しい手はどこにも見つかりません。」(「一房の葡萄」)

武郎はこの学校に十歳の頃(明治二十年)まで通った。現在の小学校三年生までにあたる。

学習院予備科

この年の十月、武郎は学習院予備科三級に入学した。よく知られているように、学習院はその昔公卿の子弟を教育する目的で設けられた学問所だった。それゆえ明治までは殿上人《てんじょうびと》の子女のほかは入学できなかったのだが、明治にはいってのち皇族、華族のための私立学校に変わり、その門も士族にまで開かれるようになって、武郎の入学した頃にはすでに全体の半数ほどを士族の生徒たちが占めていた。武郎はこの学校を彼自身の意志で選んだのではなかったらしい。横浜税関長という重要なポストにまで昇格した父が、上流階級の子に恥じない教育をと念じて選んだものと言われている。

当時学校は神田にあり、武郎は入学と同時にその隣りの寄宿舎へはいった。幼少の頃から武郎をきびしくしつけてきた父母にしてみればこの寄宿舎入りもしつけという面を考えてのことだったのだろう。実際武郎はおとなしくまじめな少年であり、学校の成積も良かった。模範的な生活態度は高く評価され、翌年には皇太子殿下（後の大正天皇）の学友に選ばれている。毎週土曜日には宮中へ参内し、一年下の皇太子の遊び相手をつとめたのである。

このように模範的であった反面、武郎は少しずつ文学の方面への関心を強めはじめていた。彼は生来文章を書くことを好んだのだが、明治二十二年には『小国民』『少年文庫』などの少年雑誌がつぎつぎと創刊され、感じやすい少年武郎もこれらの雑誌に載せられた童話などを読み耽ったのである。それまでの彼は海軍の軍人になりたいとひそかに思っていたのだが、この頃から文章を書くことによって身を立てたいと望む気持をも強めていった。表面ではきわめて道徳的な少年として、しかし心の内にはもっと勝手に自由なことをしてみたい希望をひそませて……。のみならず、寄宿舎では上級生が思春期にあり勝ちないたずらをしてみせたり、煙草を吸ってみせたり、あるいは友人の家を訪問した武郎を、年輩の婦人が追いまわすようなこともあって、武郎の純真な心に、晴天の空をよぎる雲にも似たかげりが映るようになったのも、この頃からだった。

ちょうどこの年の二月、時の文部大臣森有礼が暗殺され、武郎は極度の衝撃を受けた。森有礼はやはり鹿児島の出身であり、父の大先輩であっただけに、武郎には身近かに感じられたのであろう。暗殺事件を知って海軍軍人になることが嫌なものに思われ、いっそのこと農業でもしてみたらどうだろうかと、その時から漠然とではあるが考えはじめた。

学習院中等科

明治二十三年九月には、中等科一年級に進んだ。現在の中学一年生にあたる。中等科は六年制だったから、以後十九歳の七月までここで学校生活を送ることになる。寄宿舎にはそのまま居たが、翌年七月には父が大蔵省国債局長という重要な役務に就任し、一家は再び上京して麴町《こうじ》永田町の官舎に住むこととなった。

両親は武郎の鍛錬のためそのまま寄宿舎へ居させ、家から通うことを許さなかった。このことは別な方面で武郎を大きく成長させるに役立った。例によって文学雑誌を読みふけっていた武郎はまた、いつの場合にも学校生活における悩みの一つである友人について、悩みだしたのである。上流階級の子供たちとはいうものの、寄宿舎での生徒たちは善良なグループといささか不良じみたグループとにわかれていた。そして武郎はそのどちらにも親しみたかったのである。模範生でありたい気持ちと、もっと勝手放題に行動したい欲求との両方が武郎をせめた。まじめな友人たちの仲間入りをすればよく勉強もし、まじめな話し合いも出来よう、しかしどことなく物足りない、だいいちとても窮屈《きゅうくつ》ではないか……かと言ってわんぱく者の仲間入りをすれば先生やまじめな生徒たちが妙な眼でみるに決まっている。けれどもこの仲間といっしょのときには、ただめちゃくちゃに自由な気がしてくるのだ……。思えばこの悩みは生まれるべくして生まれた悩みだと言える。おとなしい性格とまじめな態度と家庭のしつけとが武郎を善良な仲間の方へ誘ったのであり、また外国人の自由な生活習慣に親しんだ心が、この頃読みあさった少年雑誌の中にくつろぎを見出だして、武郎をわんぱく仲間の方へ誘ったのであろう。そしてこの時の武郎の心は、窮屈でありたくないと思う気持ちの方へ

四谷にあった学習院

強くひかれていた。服装を奇妙なぐあいに飾ってみたり、煙草をふかしてみたり、弱い者いじめをしてみたり、彼はひとかどの悪童面をして、この恥ずべき楽しみの中に歪《ゆが》んだ自由を味わったのである。もし武郎がそのまま悪者ぶりを続けていたならば、彼の将来はもっと俗人的な、しかしもっともっと自由なものとなったにちがいない。ただしそうなるためには彼はあまりにも内気だった。まじめな友人が彼を植物園に誘って忠告し、そんなことを幾度かくり返しているうちに、いつとはなくもとの物静かな少年にかえってゆく。

それでも武郎は文学に対する執着を捨てなかった。否むしろ表向きおとなしくなるにつれて、それまでの悪者ぶりがひそかに文学の方へ持ち込まれたと言った方がいい。彼は明治二十六年九月に中等科四年（現在の高校一年）へ進級してこれまでの幼年寄宿舎から青年寄宿舎へ移ったのだが、そこの生徒はすべて十六歳以上の、もはや青年とも言える連中ばかりであった。彼はそのぶんだけ大人の仲間入りをし、それ以上に文芸雑誌を読みあさって、奇妙な空想にふける時や有りもしない事を考える時間が多くなり、学校の成績は下降の一途をたどった。

また明治二十七年には腸チフス、肺炎、脚気、心臓病など、その頃の流行病をたてつづけに病んで幾度か死ぬ目にもあったという。くわえて級友の一人が世をはかなんで自殺するといった事件が生じた。その友の自殺は、あるいはその少し前の五月に自殺した詩人北村透谷に導きされたものだろうか。創生期の『文学界』の中心人物として情熱的な浪漫《ローマン》精神の中に強く「内部生命」をうたいあげ、時代の青年たちの感動を呼んだ北村透谷には武郎もまたはげしくひかれていた。

「草の葉末に唯《た》だひとよ。かりのふしどをたのみても。さて美《あま》い夢一つ、見るでもなし。野ざらしの風颯々と。吹きわたるなかに何がたのしくて。」(北村透谷「露のいのち」より)

詩人は世をはかなんで死に、友もまたそのようにし、傷つきやすい十六歳の少年の心を暗いむなしい思いが去来した。ふさぎこんでゆく武郎に親しい友人はまたはげしく忠告する。だが忠告を受けても空虚な思いから抜けられない彼は、ひたすら文学の世界にあこがれて、何編かの小説のようなものさえ本気になって書きはじめたのである。

かくして中等科六年を終えるころには、農業に従事する希望だけは失なわない文学好きの青年武郎が形成されつつあった。明治二十九年七月(日清戦争の翌年)、十九歳の武郎はごくありふれた成績で中等科を卒業した。

札幌農学校

札幌農学校

明治二十九年の夏も終わろうとする八月の末、横浜から北海道へむかう定期船に武郎は乗り込んだ。札幌農学校へ入学するためである。常識で判断すれば、学習院中等科に学んだのなら、そのまま高等科に入学すれば良いようなものだった。けれども二年来の病気に悩まされた武郎の体は極度に衰弱し、医者からは「東京に住み続けてゐたら、健康が保たれない」と申し渡されていた。彼はやむなく地方の学校をあれこれと探し、そのうち農業をしてみたい気持ちを強めてきたのである。それとともに当時未開の土地であり、政府の開拓事業が起こされたばかりの北海道へあこがれる思いが、彼の胸のうちに広がりはじめ、広大な大自然の土に足を踏みしめて働く夢が彼をとらえて離れなくなった。またそこには大嫌いな蛇もいないだろうと考えて……。

札幌農学校といえば「少年よ大志を抱け」という有名な言葉が思い浮かぶように、この学校はアメリカの教育者ウィリアム・クラークの創設になる。当時の日本ではきわめて異色のしかも独立自主の自由精神に富んだ学校だった。その校風が西欧的な雰囲気に親しんでいた武郎になじみやすかったのであろうか。しかし世間の眼にはこの志望はずいぶん風変りなものとして映ったにちがいない。だいいちその頃の北海道は足を踏み込む者の少ない所として日本の外のようにまで思われており、武郎が渡るにつけても、まるで原始の国に留学するほどの奇異な行為に見られたであろう。

父母にしてみれば止めてほしい所だったのだろうが、ただその学校で教鞭をとっていた新渡戸《にとべ》稲造というすぐれた教育者を知っていたことが、この北海道行きを認める唯一の救いとなった。とはいうものの好きで選んだ札幌農学校がはたして武郎の将来に幸であったか不幸であったか。もしそのまま東京に居たならば最上流階級の座を欲しいままに予定されたはずの武郎の生涯は、この農学校志望によって決定的に屈折したのである。

北海道の空は重く、海は厚い。幾日かの航海の後、日本海を走る船の上から小樽の港が望まれてきた。ここでは自然の力が人間の営みを支配している。すべてを包みこむような広大な空と、空を押し上げげんばかりにもり上がった海とにはさまれて、石を載せた板屋根の小さな並びが遙かに押しつぶされつつあった。その淋しくささくれた風景の中に武郎は北海道の第一歩を踏み出して札幌へむかった。

創立当時の札幌農学校

入学のころ

札幌に着いて新渡戸の家に身を寄せ、武郎はそこから学校へ通うことになった。新渡戸は初対面の武郎に一番好きな学科をたずねた。武郎は歴史と文学だと答えた。農学校に来て歴史と文学が好きだという青年に、「それではこの学校は見当違いだ」と言いながら、新渡戸は快い笑顔をつくった。すぐれたクリスチャンであり、日本におけるキリスト教伝道の先駆者として知られる新渡戸の家に寝起きすることによって、武郎はキリスト者の生活に直接触れたのだが、新渡戸はキリスト教を強いることをせず、ただ何でも良いから宗教を持つようにすすめた。武郎もまたこのことは祖母静子からかねがね忠告されていたので、すすめに従ってある禅宗の門をたたいた。

農学校は予科（五年）と本科（五年）とにわかれており、武郎は予科五年級に編入された。新渡戸の講義するカーライルの『衣服の哲学』やバイブル・クラスなどを聴き、それまで経験しなかった新しい考え方を身につけ、そこに青年らしい思索の楽しみを見いだすとともに、家に帰れば一日おきにまちがいなく禅寺へ修業に出かけたのである。二十歳に満たない学生が禅の門をたたくなど、あまり見受けない光景と言えようが、静子の影響力がそれほどにまで強かったのであろう。

こうした生活を過ごすにつけても、言わば転校の新入生である武郎には、なくてならないはずの友人がなかなかできなかった。この当時の様子を彼は後年次のように回想している。

「そこの空気は、私が今まで学習院で慣れ親しんでゐた空気とは全く違つたものだつた。士族の子であるが故に、華族が威勢《いせい》を振《ふる》つた学習院の空気に同化し切らなかつた私は、こゝでも一種の隔《へだ》てを以て迎へ

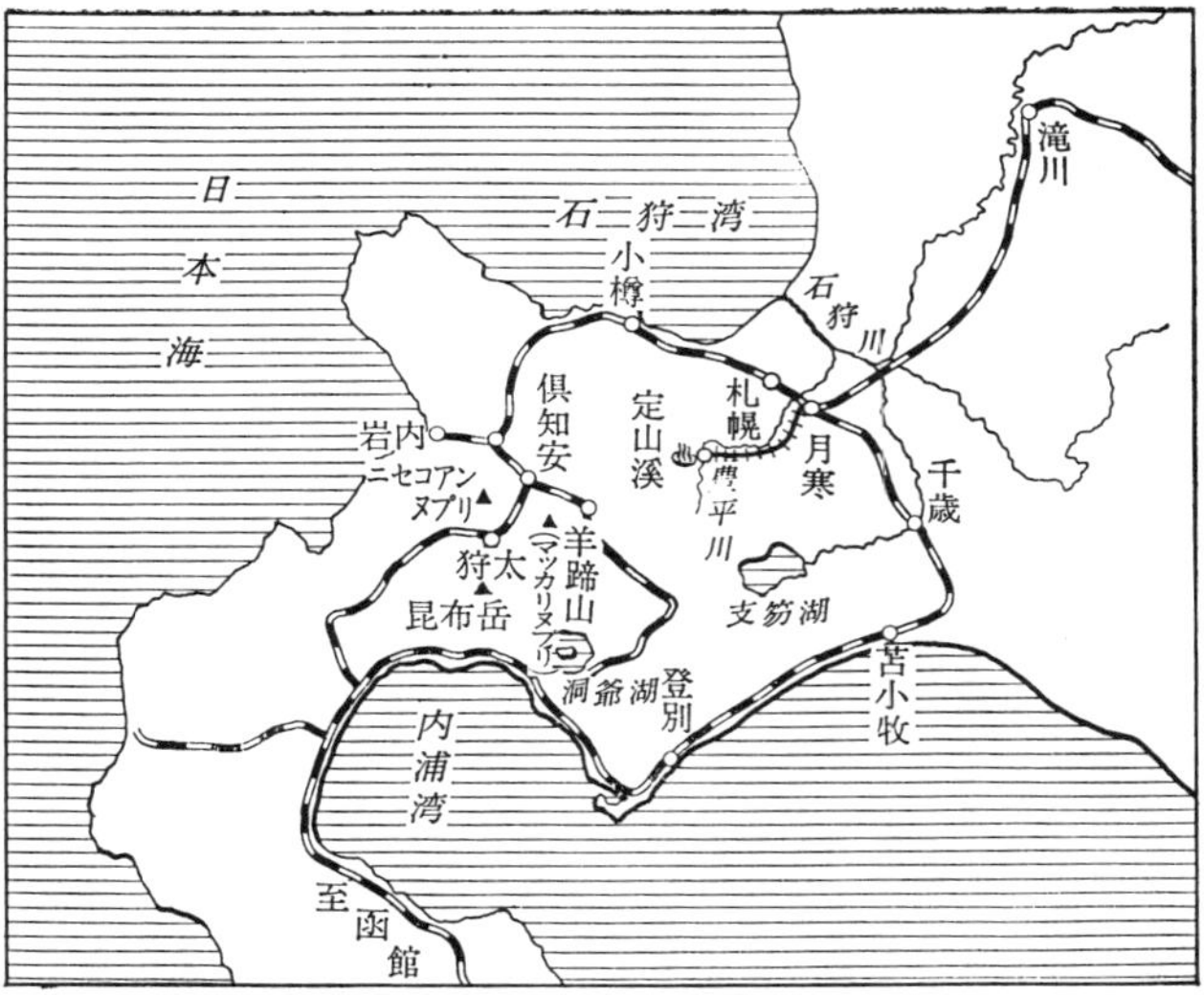

札幌周辺の略地図

られなければならなかつた。級友達はたつた一人這入つて来た新入生を、不思議な動物ででもあるかの如くに取扱つた。私は淋しく思つた。而して格別の友達といふ友達も作らずに、何んの特色もない一人の若者として日を送つた。」（「リビングストン伝の序」）

毎日を親しい友と語ることもなく過ごしたことが別な意味で武郎をまじめにさせた。その分だけ生活時間を充実させようと考えた彼は、学校での講義をおもしろく聴いた。とりわけ新渡戸をはじめとする諸教授の倫理講話に深く耳を傾け、家できびしくしつけられた生活習慣から一歩進んだ力強い人間精神の有り方を深くくみとっていった。自分の頭の中がぐんぐん肥ってゆくような驚きを感じながら、彼は思索することの自由を思い切り味わいつづけたのである。

さらに彼は、彼自身の将来を思うにつけ、農業の重要さをいつのまにか感じるようになってきた。彼は考える、工業も商業も維新以来すさまじい勢いで発展しているのに、農業だけ遅れている、これは日本の最大の悲しみではないか、自分は農業革新のために将来を努力しよう、と。カーライルの、万物は自然の衣装だ、という言葉の中に、真に彼の生きる道が示されているように思えるのだった。実際、彼の夢は実現されつつあったのである。

父が武郎の将来を思って狩太《かりふと》に九十六万坪ほどの開墾地借り入れを政府に申請し、それが明治三十年十一月に許可された。ここに有島農場の開墾がはじまる。父はまた子供たちが将来不幸に会ってもこの農場で生活出来るようにと考え、武郎も夢を実現する希望に燃えてこの借り入れを喜んだのだった。それが後に武郎を苦しめる最大の重荷になろうとは……。

友　人

こうしたある時、武郎の静かな生活の歩みに一人の青年が接近する。名を森本厚吉というその若者は、武郎が禅寺に休むことなく通っているように、キリスト教の信仰生活に休むことなく苦しんでいる、いわば迷える小羊であった。森本は内村鑑三にキリスト教信仰の導きを得ていたことから、罪の自覚をもたない者に信仰の道は開けないという教えを忠実に踏み行ない、武郎に近づいた時には罪多い自己について絶望的な苦悩の日々を過ごしていたのである。その彼の目前に同じように宗教の道を努める温和な青年武郎がいた。彼は苦しみを打ち明くべき友としての交際を武郎に求めた。明治三十年六月、やがて予科五年級も終ろうとする梅雨の日のことだった。純真な武郎は、年齢では一つ上の森本のあまりにも痛ましい姿と真剣な思索ぶりに同情して、ここに友情を誓い合う。かくして武郎と森本厚吉との深い交際の一歩が印されたのである。

明治三十年九月、農学の専門的な知識を身につける本科一年級に武郎は進んだ。けれども武郎の生活は宗教的な思索の枠から出なかった。そしてその生活の側には常に森本がいて彼を左右していた。秋もはじめのある午後、二人で農園を散歩していたとき、森本が真剣な表情で口を開いた。

「襟《えり》を正してお願いしたい」

「なんだろう」

「僕は神のあかしを得ようと迷いつづけている。しかしいくら迷っても神に近づけない。あるいは話し合う友を選ぶのに誤まりがあったのかも知れない。とに角身も心も疲れ果ててしまった。もし君が僕のことを親身に考えてくれるものなら、僕とともに苦しむことを約束してくれ」

武郎は森本の申し出を承知した。しかしこれは奇妙な約束だった。森本の悩みは武郎の悩みではなく、その逆もまたそうなのである

友3人と武郎（中左武郎，中右森本）

る。武郎が森本の悩みを悩めるはずがない。しかも武郎にとってなにより大切なことは親友の信頼を裏切らないということであり、ともすれば内気な弱さを人前にさらけ出す自己を宗教によって強く保つことなのだった。ところが森本の悩みはもっと現実的だったらしい。彼は内村鑑三から、すべての欲望を捨てない限り信仰の世界に入れないと諭されていたのだが、彼の体の中の性への目覚めが内村の教えに頓着なく彼を責めたてていたのである。彼はこの性欲と言う欲を何とか自分の外へ切り捨てようと焦った。聖書と性欲と、つまりは霊と肉との問題を武郎にも悩めと言ったのであろう。しかし武郎はまだこの問題を彼自身のものとして考えていない。それゆえどのように受けて立てば良いのか見当すらつかなかった。だからと言って哀れなほどにやつれた友の願いを断わることは出来ない。同じように悩んでみてなにか助言を与え得れば、そこに美しい友情が保たれる、とそのように考えたに過ぎなかった。逆に年長の森本は常々悩んでいる問題の中に武郎を引き込むことによって同伴者をえ、白紙の武郎の頭の中に過去の経験と苦しみとを刻み込んでいったのである。この結果その後の交際で武郎は常に受け身に立たされ、森本はすべてにリーダーシップを握って彼の思いなりに武郎をいざなってゆく。

かくして思いがけない問題がこの頃から武郎に課せられていった。神と悪魔、霊と肉といった二元的な思考の混乱がここからはじまる。加えて、武郎の精神形成のよき指導者であった新渡戸稲造が、病気療養のため十月のはじめに一家をあげて鎌倉へ移ることになった。三日夜、武郎は新渡戸の寝室をたずねた。新渡戸は武郎に告げて言った、本科に入れば勉強がますます機械主義的になるので深く心の修養をしなければいけない、と。

新渡戸一家は五日に札幌を去り、武郎の前途にはさらに不安の影がさしこんだ。

この年の十二月六日、東京では妹愛子が山本直良へ嫁いだ。武郎のよき相談相手でもあった愛子の結婚を彼は喜びもし、また一片の淋しさをも味わった。そして年の明けた一月のはじめ、東京の幼ない頃からの友人増田英一から、とつぜん京都の同志社へ転校したという通知を受けた。あまりにも急な出来事に驚いてはみたものの、武郎には増田の転校の理由がよくのみこめなかった。

遠友夜学校

森本との交際はますます深まっていった。森本の悩みを真似《まね》るにつれて、武郎は自分がどのように生きれば良いのか考えさせられた。どうして自分の性格は弱いのだろうか、いくら禅寺へ通っても自分の核心に触れるものを摑めないのはどうしてなのか、自己というものが強くあるためにはどのように身を立てれば良いのか、そんな考えがとりとめもなく彼の脳中を去来する。内村鑑三の著述にも触れてみた。厳しい人格修養者としての内村の強さに武郎の弱い面がひかれたのであろうか。

札幌に遅れ咲きの桜の花のほころびる四月末、大島金太郎助教授と語り合っていた武郎の胸に、助教授の言葉の一節が焼きつくように痛く刻まれた。

「いやしくも困難に遇わないものは、他人に寄せる同情は決して大きくない」

同情！　眼が開けたような思いだった。自分に欠けているのは同情なのだ、苦労がないから他人の気持ちがわからない、だからいつまでも心が広がろうとしないのではないか。武郎はそのように決めこむと、その場から生活態度を改めようと努力しはじめた。同情となるべき何かを実践しなくてはならない。この大島助教授の言葉をきっかけにして、彼は遠友夜学校へしばしば足を運び、できる限りの手助けをはじめたのである。

遠友夜学校というのは、新渡戸稲造がメリー夫人の財産によって明治二十七年に札幌の豊平橋付近に建てた夜間学校のことで、貧しい家庭の児童のための社会福祉事業として起こしたものであり、農学校の教授たちが中心となって教育を施していた。

武郎はこの夜学校の先生を勤めたり、あるいは校歌の詞をつくって、出来るかぎりの同情を与えようと努力した。この夜学校には武郎がことのほか同情を寄せた瀬川末ゑという女生徒もいた。かくして武郎の生活の中心は同情に支えられてゆく。そしてここから彼の視野は一段と広げられたのである。彼は世の中に同情の浅い面と深い面とあることを知り、しかも社会に同情なるもののほとんど無いことにも気づいた。世間は表面でいかにも美しく見えて、その裏には偽善と腐敗が満ち満ちている、その暗い現実の一つがこの遠友夜学校の生徒たちにあらわれている、と。

心中未遂　冬休みに入った十二月二十七日、二人は炊事道具や食糧をまとめて山の温泉郷定山渓《じょうざんけい》へ出向いた。そこで新年を迎えようというのである。二十八日から毎朝早起きして宗教談を重ね、また夕食後も読書のあと語り合う。武郎は読書の時間に内村鑑三の『求安録』をあてた。読むにつれて内村の真理探求の厳しさにますます感じ入ってしまった。そしてまた、人生の目的というものが決して現実の利慾や名誉にのみあるのでないということもつくづく思い知らされたのである。広大な狩太農場を経営することもまた……。これまで確かなものと信じていたものが不確かになり、不確かなものが確かになってゆく。武郎の思索は混乱をきわめた。森本はあい変わらず苦悩の卸《おろ》し問屋のような顔をしている。しかも時にはそれが武郎に及んで、いとわしい同性愛の傾向すらみせる。それを拒否することさえ出来ない不愉快な自己を武郎は持てあました。激しい自己嫌悪が彼を襲う。どうしてかくまで自分は愚図《ぐず》なのか、何とか救われないものなのか……

新年の一カ月を武郎は考え通した。学校の講義は頭に入らなかった。『求安録』の著者と自分との間に遠いへだたりを感じるのはなぜだろう、解っているのはどこまでも意志薄弱な自己の醜さだけ……。悩み抜いたすえ、彼は日記に次のように書きつけて森本をたずねた。

「余は到底《とうてい》人として世に立つ能《あた》はざる可きものか。然らば死するの勝れるに如《し》かざるなり。」（二月三日）

森本も信仰に絶望を感じてうちしおれていた。病気で寝ていた彼は武郎を見てこう言った。

「僕は罪人だ、しかもなにひとつ出来ない、生きて人のために働らくなどとても考えられない……

昨夜君と言い争って別れる夢をみた。君がこのところ見舞いにも来なかったから……」

武郎は話す言葉もなく別れて帰った。彼の心は森本を見舞わなかったことで存分に痛んでいた。友の助けとなるために結んだ友情だったのにそれすら為し得ない……。彼はますます彼自身を責めたて、いよいよ生きる価値がない者のように思い込んだ。どうせだめなものなら……死の瀬戸際に立てば愚図も少しは変わるかもしれない……ついにそこまで考えつめ、彼は日記に書きつける。

「兎《と》に角余は兄に死別をなすを此際の最も得策なる事と考ふ。而して死に臨んで考へて果して神の存在を心の中に知る事を得ば之を以て君に遺品となさん。」(二月十五日)

大変な置き土産《みやげ》である。死に臨んで神の実在を認識したならば、それによって森本を救おうと言う。しかし武郎は真剣だった。父母や弟妹のことに想いが及んだ。泣くまいとしても涙は勝手にこぼれた。

二月十八日、友人から鉄砲を受け取った武郎は森本へ別れを告げに出かけた。ところが森本もまた武郎一人を死なせるわけにはゆかないという。しばらく押し問答をしたあげく、結局二人ともども枕を並べてうち死にすることに話しが決まった。場所は定山渓、出発は翌日午前中。

翌十九日、武郎は森本を早くから待った。悲愴な決心のために顔からは血の気が失せていた。が森本はなかなか来ない。ようやく午後になってあらわれた彼は、死ぬというのに病院へ行って来たのだという。それでも二人は三十キロほどの道を出発した。夜の七時すぎ、二人は雪深い温泉場に着いた。そこが死ぬ場所。武郎は翌日いっしょに死のうと提案した。森本が、どうせ死ぬなら事情を書き遺してからにしよう、という。武郎も賛成して、とも角二人は寝床に入った。まんじりともしないで夜が明けた早朝、いったい自殺が神の前に可能であるか、と森本が言い出す。武郎も真剣に考えはじめる。その日は二人とも考えることに終わってしまった。また一夜明けた。しかしもはや二人とも口にこそ死を言っても、心の中で死ぬ気はなくなっていた。森本は例によってまじめに悩んでいるような、死なねばならないような恰好《かっこう》に頭をふって眼鏡越しに寝不足の眼をしょんぼりとさせている。あまり好男子とは言えない四角な顔を奇妙にゆがませて……。

武郎は言葉数の少ないその口もとに緊張した様子を浮き出している。死ぬ決心をしたのは武郎だった。彼はそのぶんだけ真剣に考えていたのである。二人は話しはじめた。森本は話しのはじめから、死ぬことは悪魔に負けることだと言って反対した。キリスト教の神も悪魔も不確かな武郎には、森本の理屈がもっともなことに思われてきた。そこでとうとう死ぬことはとり止めにして、その代り武郎は人類救済という大目的のためにキリスト教を信仰する決心をかためたのである。

思えば本質的には理由づけの弱い心中行であった。武郎の動機は森本を救えない自己のふがいなさと、救いたいと望む友情とにあったのであり、森本の方は武郎一人死ぬことに気がとがめたにすぎない。しかも自殺が最大の罪だとするキリスト教の考え方すら武郎にはよくのみ込めていなかったらしい。もちろん彼の性格の弱さにもいささかの解決すら与えられなかった。

信仰生活

二人は山を下った。

「今我が事《つか》ふるものは神、交はるものは森本君、敬するものは父母弟妹、滅す可きものは悪魔なり」

武郎はこのように決心して父母へクリスチャンになることを通知し、増田英一はじめ友人たちに絶交状まで送った。ところが父母からの返事には大変な怒りがこめられてあった。父は武郎がその性格の弱さから周囲に影響されたと判断して軽はずみを止めるよう悟し、母は不孝者をののしらんばかりに書いてあった。ただ同じ日（三月三日）に受け取った祖母の手紙だけは悲しみを言葉に出さず、武郎の安否を問うことのほかに小遣いの紙幣が一枚はさまれているだけだった。けれども武郎はこれらの非難を甘んじて受けようと思った。弱い自己をなんとかたて直さねばならない。

「基督《キリスト》は汝若《なんじも》し我が道を行はんとせば父母兄弟とも敵とならざる可からざるを覚悟せよと宣《のたま》ひぬ」

筆の先に涙を落としながら彼は日記に書いたのである。

とはいうものの、この決心もまた奇妙なものであった。父や母に叱られたことは良いとしても、わざわざ友人にまで絶交状を送る必要はない。三月十一日には増田から返事がきた。増田にしてみれば絶交するいわれがないから。ここにも森本が裏で強く働らきかけていたのである。森本はつね日ごろ武郎にこう話していた。

「僕は少年の頃から友人のすべてと交際を断ち、いまはほとんど友もいない。ただ君にだけは死をもいとわない気持をもっている。だから他の者とつき合うこともない、もし他の者とつき合って君との友情を低めては君にすまない。」（三月十一日より）

偏屈者《へんくつ》森本のこのもっともらしい言い分を武郎は素直に受け取ったのだが、思うにこれは、自分本位な森本が武郎を独り占めにしたいための体裁《ていさい》だったのであろう。自分に他の者とのつき合いがないからお前もつき合うなということでしかない。しかし感激屋の武郎はこの申し出を額面どおりに受け取り、これまでの友人たちと絶交しなければ森本にすまない気がした。失恋の悲しみを癒《い》やすため京都へ去った増田英一は、結局森本の端迷惑《はためいわく》な言動のとばっちりを受けて、頼りとするただ一人の友――しかも想いを寄せる女性の兄――から絶交状をちょうだいしたのである。

ともあれ、キリスト教信仰をはじめた武郎は同情を中心にして、森本から与えられるキリスト教的な思考方法を判断の基準にすえつけていった。聖書を熟読し、内村鑑三の著書に接し、森本と話し合ううちに、神と悪魔、霊と肉といった対立的な思考方法が彼の胸中を支配してゆく。なかでも聖書と性欲（霊と肉であり神と悪魔でもある）の悩みはこの入信前後からの森本との暗い交際によって確実に植えつけられ、以後武郎の血みどろな内面闘争の中心を占めてゆくのである。

二人はどこへ行くにも一緒だった。周囲の者は彼等を変わり者あつかいにしたがそれも平気だった。春さきの月の美しい夜、恋人同志のように連れだった二人は、木陰の間を豊平川の澄んだ流れの岸辺に立って、月の光りを浴びながら神に祈った。そんな時の二人は涙をこぼさんばかりの感傷に溺《おぼ》れ、その溺れの中に神が実在するような気がした。

祖母の死

こうしたくり返しの五月十日、武郎は祖母危篤の電報を受け取り、急ぎ汽車に乗り込んだ。三日後、家に着いてみると幸いなことに静子は小康を保っていた。だが父母は武郎に対して穏やかでなかった。武郎もまたなかなか話しが切り出せない。五日目になって父の方から武郎を呼んだ。武郎のキリスト教入信に、勘当《かんどう》するとまで言った父ではあったが、かしこまって座っている武郎に対して意外に寛大であった。むしろ武郎の青臭い理屈に、しようのない奴《やつ》と言ったにが笑いの表情すら浮かべている。ただ武郎が森本の弁護をした時だけ父の顔は険《けわ》しくなった。

「お前帰って、その者を訪ねた時、一面識もなくして他人の子供をその父にかれこれ忠告することはさし出がましいというものだと、伝えておきなさい」

父が座を立ち、話しはそこで終わった。

その夜も武郎は看護婦を退かせて祖母の枕もとについた。祖母はキリスト教のことをしきりと尋ね、武郎の考えを聞きたがる。それもそのはず、静子は武郎のキリスト教信仰を聞かされて、二日間というもの飲まず食わずで部屋に閉じこもって悲しんだのだという。武郎は心をこめて彼の信仰を語った。そんな孫の姿をつくづくと眺めやって、静子はいくらか安心したように、しかし力をこめてこう言った。

「生きているうちはおまえを改ためさせることも出来まいが、死んで後にもきっと改ためさせてみせるよ」

静子の病状は半月ほどそのまま続いた。学業にさしつかえることを考え、武郎は二十九日に東京を発つ。そして六月十二日、静子は七十歳の生涯を閉じた。

静子の死は、武郎をしてますます宗教の必要を感じさせた。一つの支えが失われたのであり、それに代わるのは他ならぬ武郎自身だから。にもかかわらず彼は全身から神の世界に飛び込めない悩みをもちはじめた。内村鑑三は、社会の悪が「人類全体の連帯責任」だという、それは解るような気がする、しかし罪深い人間だと言われても、いったいどこまで罪深いのかよく解らない。森本が苦しんでいる「肉に強く霊に弱い」という点に関しては思い当たる節もある、それにしても純霊の世界に救われることが人間に可能なのだろうか、だいいち肉に強いから罪深いという実感がないのだ。森本の見よう見まねで苦しんでいた武郎もここに至って神と自己との対立に苦しんだ。熱心に祈れば祈るほど神が遠いもののように思われ、本科四年を迎える頃にはこの悩みのために身動きできなくなってしまった。ただ好きな大自然の中で静かに祈る時だけ神に近づいたような思いをする。勉強にはおのずから力が入らない。森本などはいつもクラスの最下位を低空飛行していた。

社会の悪

しかしながらこうした悩みが武郎にとってむだだったのではない。遠友夜学校の生徒たちのような社会の最下層の人々と直接触れあうことによって、彼の心は同情を中心に少しずつ、あたかも水の輪が広がるようにその円周を広げていったのである。

日清戦争後の日本は殖産興業政策によって織物などの軽工業を中心に急速に工業化しつつあった。そして製糸工場に勤務する女工たちの悲惨な生活が新聞の紙面をにぎわした。彼女たちは一日十四時間を越える労働を強いられて半殺しの目に会いながら食事すら十分に与えられない。北国の花もほころびようとする明治三十四年四月のある日、信州諏訪《すわ》の製糸工場のうら若い女工の作った歌が新聞に載った。

米は南京おかずはあらめ何で糸目がでるものか
製糸工女も人間でござる責めりゃ泣きます病みゃ寝ます
親が病気ぢゃ御且那様よどうぞ外出許して欲しや
板になりたや帳場の板に成りて手紙の中見たや

武郎は涙しながらこれらの俗歌を日記に写して、そのあとにこうつけ加えた。
「詩人は汝《なんじ》の口を閉ぢよ、汝の筆を祈れよ、かくて此《この》大詩才の悲歌に聞けよ」（四月二十二日）
社会の悪がどんなものか、武郎にもわずかながら解ってきた。「人類全体の連帯責任」。彼は心からこの言葉にうなずいた。悪の根源が人間の欲そのものであることに、おぼろ気な理解の光りがさし込んだ。それとともに武郎自身の将来をつくづくと考えさせられたのである。農業によって社会における自己の場を築く夢を持ち、実際に狩太農場の開墾が進んでいる。けれどもその広大な農場を支配することは欲に従うことではないか。いやまちがいなくそれは将来の武郎のための欲、つまり「肉」の世界なのだ。それに安んずることは、武郎の霊的な部分を売ることのように、彼には思われた。これまで肉の世界でのみ国家有用の人物になろうと夢みていた自分に、彼は気恥かしさを感じはじめた。農業への夢が薄れていった。

卒業

札幌の六年間も終わろうとする。卒業論文には「鎌倉幕府初代の農政」をとりあげた。だがもはや「農業革新のさきがけたらん」とした志望もあせた。ひたすら信仰を求めてさまよいつづける武郎の前に、現実は肉の巷《ちまた》と化しつつあった。彼の頭は欲を捨てて良心にしたがえと叫ぶ。にもかかわらず二十三歳の青年武郎のどこからか、現実の欲を捨てるなと訴える、それが両親や弟妹のためにも必要なことなのだと……。霊か、肉か……「二つの道」の痛ましい闘争がはじまった。

だが彼は模範的なクリスチャンの生活にいそしんだ。内面にそれほどの苦悩をもちながら、誰の目にも有島武郎は熱烈な信仰の徒であった。生来の温和な素行がこの表面の殻《から》をより堅固なものにし、彼もその生活態度を本物だと思い込んでいた。それが後にどれほど彼を苦しめるか、この時の彼には想像だにし得なかったのである。

札幌農学校卒業当時の武郎（24歳）

卒業記念に森本と二人で『リビングストン伝』を出版した。リビングストンの博愛の精神をたたえて。明治三十四年七月、迷いつづけたまま何の解決も得ないまっ暗な心を抱いて、彼は札幌農学校を卒業した。成績は三十四名中十番。

留学の前

農学校を卒業して東京へ帰った武郎は、同じ明治三十四年十二月一日、麻布の歩兵連隊に入営した。法の定めるところにより一年間の兵役に服務したのである。彼はここでも役務に忠実なおとなしい二等卒であった。

国家とは何ぞや

アジアの国際情勢はまさしく風雲急をつげていた。ロシアは日清戦争後の三国干渉以来、満州に遠慮会釈《えんりょえしゃく》なく侵入しつづけた。満州は日本が主導権を確立しようと苦心をつづけていた所である。日本とロシアとの交戦はもはや火をみるより明らかとなった。翌年二月に結ばれた日英同盟は、侵入をつづけるロシアを食い止めようと焦った日本の苦肉の策だった。実際、中国大陸や韓国で日本の主導権が失なわれることは同時に孤島日本の存在がおびやかされることでもあり、国民は言わば国家危機の思いにとらわれていた。軍隊の訓練にもおのずから緊張した空気がただよっていたであろう。武郎がこの軍隊生活に耐え得たのは、札幌時代に鍛えられた体力と、ひたすら培いつづけた宗教心とによるものだった。

泣かじ笑まじ石とならずば一歳の呪を何に堪へんや我が身

この歌が示すように彼は愚者同然の石となる覚悟をもって軍隊生活に入った。だが表面で石となった彼の内面には軍隊そのものの存在やそれをあやつる国家に対する激しい怒りが渦巻いていた。一年間の服役を終えたのち、彼は軍隊生活への憤りを「在営回想録」と題して書きつづった。

「国家とは何ぞや。国家に対する義務とは何ぞや。……虚栄心と利己心とに満ちたる太古以来の習慣によりて成立せる所謂《いわゆる》国家なるものは、今も尚《なお》恐怖すべき権威の笞を握れるなり。彼一度その手を挙ぐれば、親を有し、友を有し、而して神を有する人類は幾《いく》十人幾千人、恰《あたか》も刈られたる稲の如くに斃《たお》るるなり。……人と人と相争ふ、世はこれを責む。会社と会社と相争ふ、世はこれを責む。国家と国家と相争ふ、世は謹んで沈黙を守る。何の権威国家にあればよく斯《かく》の如くなるを得るや。退き去れ悪魔！人の子を無《な》みするもの！」（十一月十五日）

人間が石ころ同然にあつかわれる、そんなばか気たことがあっていいものだろうか、国家が利益追求のために数え切れないほどの親兄弟を、有無《うむ》を言わさず皆殺しにする。武郎の眼は国家のはかり知れない罪悪をはっきりと見通した。二等卒はこの国家のために犠牲となる者の見本のようなものだった。武郎はこの無数の被害者の一人となったのであり、その仲間であり、味方であることを強く自覚して、「人類全体の連帯責任」をよりしっかりと認識したのである。

神か恋か

明治三十六年、兵役を終え新年を迎えた武郎の生活は、八月の留学を前にしてもっぱら準備の勉強にすごされた。一月には森本と内村鑑三を訪問して留学すべき大学をたずねたのだが、意外なことに内村は洋行に反対した。それゆえ二人は、ちょうど日本へ帰っていた新渡戸稲造に意見を聞いた。武郎にはフィラデルフィアに近いハーヴァーフォード大学がすすめられた。彼は毎日を歴史、経済、英会話の勉強にすごしていたが、生活が単調化するにつれて持ち前の悩みごとに再びとらわれてゆく。

悩みのひとつは兵役のため一年間置き去りにされた増田英一の恋であった。京都へ去った増田から、恋の相手が結婚した妹の愛子だと知らされたのは二年前（農学校卒業の年）の三月六日のことであり、その手紙には愛子もまた増田に想いを寄せているらしく記されていた。武郎は気も転倒せんばかりに驚いた。その時から二年を経てもなおこの二人は互いの心の片隅にひそかな想いをあたため合っていたのであろう、武郎が山本家に愛子をたずねて行くと、話題はおのずから増田の方へ傾いた。二月十七日、

「午後……山本氏に愛子を訪うた。女の中最も尊く清きものは彼女である。本当に水晶の様な所がある。僕は彼女と語る時、他の塵に着けるものを忘れて高い喜こびと清い悲しみとに入ることが出来る。二人の涙源に話題が及んだ時は、真に一種の強い運命の手を感ぜずには居られない。彼女は彼が病にありはせぬかと頻《しき》りに心配してゐる。僕は堪《たま》らない。

僕は真に神を思ふ。神の聖なる審判を思ふ。これなしには半時も生きて居られぬ。」

武郎が愛子を称賛する言葉にはいつの時にも限りを知らない。この尊ぶべき愛子の美しい心からあふれる増田への想いやりを、武郎は認めないわけにはゆかなかった。願えることならこの二人が結ばれてほしい……しかしもはや愛子が結婚して五年……それをかなえることは不可能である、不可能というより、実現されたとすればそれは罪——「姦淫の罪」——なのだ、自分はクリスチャンである限りこの罪の手助けをしてはならない、しかしもしクリスチャンでなければ自分は二人の美しい気持ちを喜こんで認めたい……。武郎は彼自身の心が二つあることを知らされた。クリスチャンとしての心とそうでない心と……。

「恋は全く二つに裂かれて、再び相会はざる可く相距《へだた》りたる地上に置かれぬ。神も遂に之れを結び給はざるや。さらば是れ彼と彼女との永遠の運命か。」（三月五日）

神の正しい審判がこの二人を有り得べき姿に置くものと考えつめていた武郎は、それゆえにまた事情を知らせてやりたい心を押え、増田英一からの手紙にあえて返事を出さなかった。どこまでも神を信じて……だがいつまでたっても二人は離れたままだった。

初恋

神と恋との悩みはこの二人だけにとどまらなかった。武郎自身も淡い初恋の想いを抱き染めていたのである。このころ、新渡戸稲造の姉にあたる河野象子が病気で麴町の榊病院に入っていた。武郎は彼女の病室をしばしば訪問して彼女の為めに雑用を足しているうちに、娘の信子と知り合った。幾度かの出入りにつれて信子は武郎を兄のようにも想い、また慕いはじめたのである。武郎も、この二十歳になるひかえ目な娘に少しづつ心をひかれていった。ただ神を唯一の支えとする者が情に流されてはならないと勝手に決め込んでいた武郎は、はじめのうちその心の動揺をおさえ殺していた。ところが愛子と増田に寄せる彼自身の気持ちをつきつめてゆくうちに、あまりにも禁欲的な神がかりの自己を持てあましはじめたのである。

かくしてクリスチャンでない方の彼の心に従ってみると、愛子も増田も、武郎の信子への気持ちもすべて認められる。加えてこの頃には弟の壬生馬もまた失恋の悲しみにあった。身のまわりのすべての者が恋の情に痛められている。この悲しみに同情を寄せないで神を口にするのは矛盾していないか、そのように考えて武郎は神と対立せざるを得なくなった。

「余は基督《キリスト》の愛を知る。而して余は彼を愛せず。……余何処まで我が愛と義とを広むるも、神の義と愛とが想像し得ざる高き彼方にあり。……霊魂の不滅を説く人は祝福すべきかな。しかも余に向つては今は霊魂の亡滅こそ望ましけれ。」（三月十九日）

この三月十六日、増田英一がアメリカへ旅立った。増田の兄がアメリカで不慮の死をとげ、その遺骨を引きとるためひとり日本を離れたのである。知らせを受けた武郎は、増田へ返事を書かなかったことをひどく後悔した。そしてこの事件によって、男女の愛情を嫌うほどだった武郎のストイックな性格が一歩押し広げられた。彼は自己の情を率直に肯定しはじめた。

「余に一人の同情を呈《てい》し得るものあるは余に一人の恋人あるなり。彼女の余を思ふと思はざるとは余の知る所にあらず。余が心の中にあこがるゝなり。而して余が心の中には云ふ可からざる涼しさを感ず。主に謝す、感謝す。余を苦しめ給へ。」（四月三日）

妹と増田の恋も壬生馬の失恋も、当然なことのように思えてきた。

主観と客観

それとともに彼は神に従順な自己と神の外にある自己とのディレンマを**ますま**す意識した。彼は日記に克明に書きつける。

自分の心には大きな疑問がある。「客観的」な神の外の世界で罪悪となり得ない問題が、「主観的」な神の世界では罪悪となるものがある。また神の外の世界では考えられない「永遠の地獄」ということも、神の世界ではたしかに存在する。しかし神の道をすすんでも、自分は罪多い故に「絶対なる希望」は望めない。神はどこまでも遠く、自分の前途には暗黒しかない。だからといって神をすてたのでは自分は「木片の如き平凡者」と化してしまう。……神はそのいずれに自分を選んだのだろうか。

（四月二十一日と九月一日を照合要約）

キリスト教的に罪であっても、その外では罪にならない問題がある。そしてその両方とも認め得る二つの自己がある。武郎はこう考えたのである。この神か自己かの悩みを両面とも備えた問題が増田と愛子との恋であり、武郎自身の恋であった。さきに述べたように増田と愛子とはすでに愛子の結婚前から親しかったのであり、自然に美しく実る可能性を含んでいた。武郎は当然それを認めたかった。しかし愛子が山本家へ嫁いだと同時にこの二人の恋はキリスト教の罪を生み出したのである。キリスト教を離れて「客観的」にみれば、ただ思い合う二人に善も悪もない。しかしキリスト教の世界（「主観的」世界）からみれば罪になる。そして両方を認める二つの自己がある。一体どちらが本物の自己なのだろうか……。

悩みつづけた武郎は、ついに五月十七日に至って増田へ手紙を送った。武郎にとってこの手紙は神への挑戦状を意味していたのかもしれない。

ヴェルテルの悩み

運命はこのときの何もかもを、彼と神との対立を強いるように仕組んだ。信子が武郎を愛しているらしい様子も知らされた。そんな中で彼はゲーテの『若きヴェルテルの悩み』をくり返しくり返し、およそ七、八回も読み返したのである。ロマンティックな恋物語が彼の心情に触れたばかりではない。それどころか、物語りにつづられている筋書きがそのまま武郎の目の前で展開されていたのである。

主人公のヴェルテルは独身の若者。彼は結婚したばかりの美しい婦人シャルロッテに恋心を抱いている。シャルロッテの夫アルベルトは「道義の人」である。彼はヴェルテルの傷つきやすい心を、その強い冷たい道義心で容赦なく傷つけてゆく。シャルロッテもヴェルテルの心をよく知りながら、もはや人妻であるがゆえに苦しむ。想いあまったヴェルテルはついにピストルでおのれの頭をうち抜いて死ぬ。

あまりにも有名なこの物語のヴェルテルは増田英一であり、シャルロッテは愛子であった。そして武郎は、恋するヴェルテルの心と「道義」を守るアルベルトの心との二つながら彼の内面に擁《よう》していた。彼は日記に書く。

「余は此《この》書の主張する思想を退けざる可からず。されども若《も》し此《ここ》に一の事実ありて、而も其跡《そのあと》此書《この》の如くなりしならんには、余は其人を詛《のろ》ふ可《べ》きか、喜す可きかを知らざるなり。余は到底宗教家に納《い》れらる可き基督《キリスト》の弟子にはあらず。」（六月二十四日傍点引用者）

彼は増田がヴェルテルのように自殺するのではないかと、本気に心配したのである。

迷　路

「二つの道」が神と自己との形をとってあらわれた。それでも彼は森本との約束どおり、キリスト教信仰者として立つ心構えだけは失わなかった。この苦しみを越せば、といった一途《いちず》な思いを常に心の底であたためつづけた。しかし現実はまた別な面から彼をせめた。彼は夢のさめた狩太農場経営も監督せねばならなかったのである。六月には北海道へ出かけもした。歴史と文学が好きで、留学のためには経済史も勉強せねばならぬ。彼の頭の中は混乱をきわめた。

神と自己とを結ぶものは何か。彼はそこに「犠牲献身」の愛を考えてみた。妹の愛子が子供の看病で倒れたのを見るにつけ、「犠牲献身」の生活が最も美しいもののように思われたのである。単調な生活がつづけばおのずから燃焼度の高い生活にあこがれる。母の幸子が病気の床に就《つ》いた時、寝ずの看病をしたのは武郎であった。生命の燃焼！　武郎はキリスト教にそのようなものを求める傾向を強めていった。ただそれだけが神と自己とをつなぐもののように思えたから。

「僕は女を恋する代りに神を信じたのだ。……僕は恋人の胸に流す涙を、寝前の祈禱《きとう》に流してゐた。恋人の手を撫《な》でるやうに、独り山の奥に分け入つて白樺の滑らかな幹を撫でた。愛したい、命をかけて愛したいあの力強い衝動を、僕は一人の女に与へる代りに、神の名によつて無暗にまき散らした。愛の浪費――」（「迷路」より）

留　学

アメリカへ

明治三十六年八月二十五日午後二時、武郎と森本厚吉とをのせた伊予丸は多数の見送りのうちに横浜港を離れ、一路アメリカへ向かった。同じ航路で永井荷風が留学する一カ月前である。武郎が留学を志した動機には実際的な希望があったわけではない。父母にしてみれば実利的な目的を予想していたのであろうが、武郎自身はただむやみと混迷をつづける自己をその迷いから救いたい、というのが最大の動機だった。

「これまで私の身辺に絡《から》まつてゐた凡《すべ》ての情実から離れて、本当に自分自身の考へで自分をまとめたいといふ心願だつた。」(「リビングストン伝の序」)

船は九月七日、ヴィクトリア港に入った。海外で働くまじめな日本人を想像していた武郎は、港の日本人の様子をみて裏切られた思いをし、アメリカで最初の「失望」を日記に書きとめた。翌日、シアトル港に入った船を降り、二人は日本人の経営するジャクソンホテルへ投宿する。ここに三日間滞在し、十一日朝Great Nothern Railway の列車でシカゴへむかい、十四日の夜遅く到着。そこには札幌時代の友人森広が出迎えていた。その頃森広は、さきに国木田独歩と結婚してのち離れた佐々城信子(「或る女」のモデル)

と婚約していたのだが、信子がアメリカへ渡る船の中で事務長と恋に陥ったのを知って心を痛めていた。しかし彼は悲しみに耐え、信仰者としての道をつくす決心を固めて武郎を感激させ、米国での武郎の生活——キリスト者としての生活——を勇気づけたのである。

シカゴには十八日まで滞在し、十九日の早朝出発、途中森本とはボルチモアで別れて、二十日の夜、増田英一の出迎えるニューヨークに到着した。二年もの間会うことのなかった増田に武郎は話す言葉もなかった。二人の間にはあまりにも痛ましい事実が潜んでいたから……。「語る可《べ》き事多く泣く可き事多く、さりとて是《これ》を語り出でんは辛し、如何《いか》にせんと胸のみ迷ひながら」……二人は夜明けの四時をすぎるまで語りつづけた。

シカゴにて，左から有島・森・森本

武郎がフィラデルフィアで新渡戸稲造夫人の兄ジョセフ・エルキントンに会い、目的地ハーヴァフォードの寄宿舎に着いたのは九月二十四日であった。

秋

寄宿舎バークレイホールの二階の一室に荷物を置いた武郎は、その足で校長に面接し、ついで校長に伴われて経済と歴史担当のハリ博士に会い、受けるべき講義科目について相談した。英国史・中世史・経済（労働問題）・ドイツ語の四科目、週十四時間と決まった。

毎日が勉強に過ごされた。言葉に不自由なため授業に難儀《なんぎ》をした武郎は人一倍の努力を惜しまなかったが、それゆえにまた友人もできず、一人で勉強するほかに楽しむことも少なかった。その十月八日、日本へ帰ることになった増田が武郎を訪問した。彼の部屋にはじめて日本の客が入り、二人は狭い寝台に抱き合うようにしながら秋の夜を語りつづけたのである。翌日、大嵐の中を増田は淋しく去って行った。武郎はふたたび一人になった。

二階の窓辺に美しいハーヴァフォードの秋の夕日がかすかな温《ぬく》もりをとどめて、武郎を郷愁の世界へいざなう日が重なりはじめた。夕ぐれに、西に開いた窓から遥かな大自然をながめやる毎日……ふるさとへむいている窓……窓の前には大きな楓の木が夕日にくっきりと映えている。入学のころ空一面に緑葉をひろげていた枝もいまはことごとくそれらをふるい落して、もはや枯れかけた葉の幾枚かを風に泳《およ》がせて立つ大木

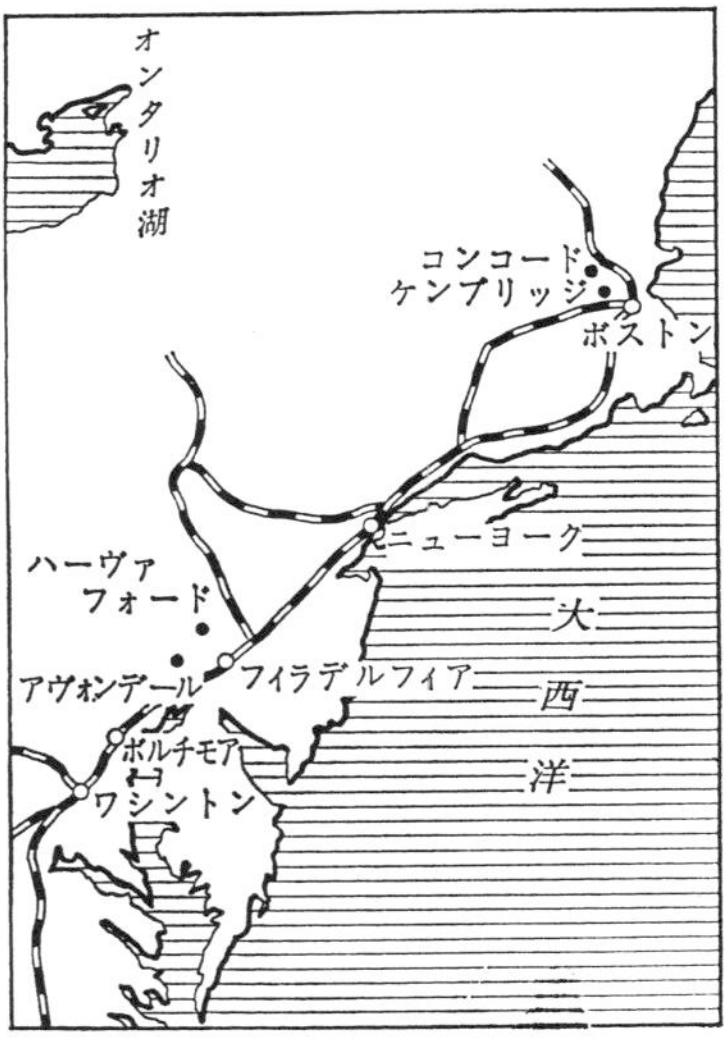

武郎留学の跡

は、あたかも年老いた予言者が暮れの空にさしあげて祈る手にも似た哀愁を、武郎に訴えるのだった。彼の目はうるんだ。清く澄んだ涙に溶け入るような感傷にさそわれながら思った。もし自分に姉がいるとすれば、その姉は美しく、その姉の胸は失恋の悲しみにいたみ、ただしかも語らず運命にむちうたれる姉だとすれば、彼女の胸に寄りそって彼女の優しくも悲しい眼の色をそっとうかがうときの、そんなやるせない心が、このハーヴァフォード村の秋なのだろうか……と。

十月二十七日、暮れそめた楓のこずえにひらひらと冬の花びらが舞い降りた。夜、部屋のともし火の下で、愛子が縫ってくれた冬の着物をとり出して身につけながら、ふと愛子へそのことを知らせたい気持ちに駆《か》られ、

あたたかき衣《きぬ》よ心よさはれ秋
　秋の夜寒よさもあらばあれ

友人のない武郎にも一人だけ親しい友ができた。アーサー・クロウェル。十一月二十五日からの感謝祭の休暇をアーサーに誘われて、武郎はアボンデールの彼の実家へ出かけた。

「光の綾《あや》を織り出した星々の地色は、底光りのする大空の紺青《こんじょう》だつた。その大空は地の果てから地の果てにまで拡がつて居た。

クロウェルの農場にて（右上が武郎）

淋しく枯れ渡つた一叢《ひとむら》の黄金色の玉蜀黍《とうもろこし》、細い蔓《つた》——その蔓はもう霜枯れて居た——から奇蹟《きせき》のやうに育ち上つた真赤なパムプキン。最後の審判の喇叭《らっぱ》でも待つやうに、さゝやきもせず立ち連なつた黄葉の林。それらの秋のシムボルを静かに乗せて暗に包ませた大地の色は、鈍《にぶ》色《いろ》に黒ずんだ紫だつた。その闌《たけなわ》な秋の一夜の事。」（「フランセスの顔」より）

暖かな光りが戸口からもれている。その光りに浮き出された出むかえの人々の中にフランセスもいた。おそくまで歓談をきわめて寝台に入り、眠りについたかと思うとはやくも鶏の声を聞いた。人々はすでに起き出している。窓から見はらす田園は霜でまっ白。その中をファニー（人々はフランセスをこう呼んだ）が妹のカロラインと鶏に餌を与えている。この十三歳の少女の明かるく無邪気なふるまいが武郎の心に深く印象づけられた。ファニーをもらって帰れるならどんなにか楽しいものだろうと思い込んでしまうほどに。

わずか三日間の滞在も、ファニーの美しくも楽しい想い出にみたされて、以後休暇のたびに武郎はこの家を訪問する。彼はファニーを「永遠の少女」と呼び、生涯のあこがれとした。このファニーはのちに「フランセスの顔」と題されて美しく描かれている。

日露戦争

明治三十七年二月、日本はロシアに宣戦を布告した。アメリカでこのことを知った武郎は駐米日本公使のもとへ出かけ、彼が軍籍にあることを告げた。しかし武郎は戦争の勝敗より、キリスト教国が戦争をすることに矛盾を感じ、当時すでに七十六歳の老齢をむかえたトルストイが、ロシアの広大な空の下でひとり戦争反対論をかかげて戦っていることを思い、胸を痛めた。

異郷で生活する一青年の心配をよそに戦火は拡大し、日本は苦しいながらも勝ちいくさを続けた。彼はこの間大学院卒業のための論文を書き続け、五月十六日に至ってようやく完成したのだが、日本が勝ってゆくにつれて嫌な思いをさせられることがしばしば生じた。小国日本が大国ロシアに勝っていることを、小犬が大犬に勝ったときの興味と冗談とをもって、アメリカ人は武郎をからかい半分にほめたのである。武郎は、彼等が無雑作《むぞうさ》に投げかけてくるたわむれの好意を素直には受け取れなかった。彼等はキリスト教国民でありながら戦争をみて笑っている……。

六月十日にハーヴァーフォード大学大学院を終えてマスター・オブ・アーツの称号を得た武郎は、二十二日にふたたびクロウェル家を訪問し、約三週間をファニーらとともに農夫の中で生活した。ファニーはいつに変わらぬ天使のようなふるまいをみせ、武郎の心はゆとりを回復した。

精神病院

九月からボストン近郊のハーバード大学で講義を開く予定だった武郎は、彼自身の労働によって生活費のいくらかを補なう決心をした。それにつけてもキリスト者にふさわしい労働に就きたいと考え、二十年ほど前、内村鑑三が白痴病院で看護夫生活を送ったように、彼はフィラデルフィアに近いフランクフォード精神病院で七月十九日から約二カ月間をやはり看護夫として寝起きすることにしたのである。

午前中患者の散歩につき添い、十二時半に昼食、一時半からふたたび患者と芝生へ出て時を過ごす。夕食後も同じことをくり返し、十時まで食事の片づけ、部屋へ戻るのは夜の十一時。仕事そのものは肉体的な苦痛を伴わなかったが、相手が精神的に健康な生活者でないだけにこの奇妙な世界では神経を使う。学ぶことも多かった。看護夫たちは患者をまさしく気狂い扱いにして人間なみの接待をしない。のみならず新入りの武郎に対しては「ジャップ」と呼んで何かにつけて仕事を押しつけた。しかし武郎はこの屈辱に耐え、ひどい看護夫にはきびしく忠告して身を惜しまず働らいた。……彼はこの労働によって神に近づく最後の希望を摑もうとしていたのである……「犠牲献身」の愛！　懸命に働き、ひたすら祈り、そして熱心にダンテの『神曲』を読んだ。そんな武郎に、はじめのうちひどく当たった看護夫たちも反省の色をみせ、患者の中には彼と一緒でなければ食事をしない者すら出てくるようになった。

くらい病院生活にも一点の灯ともみえる美しい存在があった。ファニーにも似て天使のような無邪気さで病院の芝生を駆ける十四歳ほどの少女がひとり。武郎は日に一度この少女の姿をみることに言い知れないよろこびとくつろぎとを感じるのだった。彼女は病院の理事の娘で名をエディスという。しかし名前を知らなかった武郎は彼女を勝手にリリーと名づけていた。月の明かるいある夜、散歩に出た武郎はユリの花を三輪つみとった。露草を踏みわけてリリーの家に近づくと、そのうちの一輪を階段にそっと置き、ひめやかな思いつきに心をはずませながらそこを去った。部屋に戻って、一輪を机の上に飾り、あとの一輪は本の間にはさんだ。

だがそんな楽しみは武郎の生活のわずかな部分でしかなかった。日露戦争は終わりそうにない、トルストイは戦いつづけている、しかもキリスト教国のアメリカ人は平気でそれをながめている。彼は毎夜のように悩み、長い日記をつづった。そんな時、キリスト教への不信感をより決定的なものにする事件が起きた。

八月なかば、武郎は医者で精神異常に陥ったスコット博士という人物の看護人となった。スコット博士には一人の弟がいて、南方で農場を経営し、博士の貧しい生活を救うために費用を折にふれては送っていた。しかしあまり遠くに離れているために二人とも二十三年という長い間会うこともなく過ごしていた。ある時博士のもとへその弟から、事業に失敗して困難と戦っているとの通知があった。失敗した内容が書かれてなかったので大きな失敗とも思わないでいたところ突然、弟が自殺したという知らせを受けた。以後博士は自身の罪の深さに悩まされ苦しみつづけて、頭の中を自殺の思いがかけめぐるようになり、精神異常者と化してしまったのである。武郎はこの話を博士から直接聞いて、あらためて患者のことを思った。キリスト教社会の悪の吹きだまりが、この精神病院なのである。

スコットの教訓はそれのみに止どまらなかった。九月十六日をもって病院勤務を終え、三日間を彼が「避難所」と呼んだクロウェル家で過ごしてのち、ハーバード大学へ受講の手続きをとるべく汽車に乗った。車中でなに気なく広げた新聞の記事に、彼は隣りにすわっている女学生を驚ろかすほどの大声を発したのである。ドクター・スコットが首を縊って自殺した！　武郎が病院を去るに及んで、クリスチャンなら罪を犯してはならないとくり返し忠告してくれた博士だった。その彼をも自殺に追いやった社会に対して武郎は不信感を強めざるを得なかった。

日露戦争がそうであったように、この看護夫生活の経験は武郎をキリスト教からますます遠ざけるものとなった。

ホイットマン

九月末ハーバード大学に入った武郎はヨーロッパ史と宗教史と労働問題とを中心に四科目の講義を受けたが、もはや講義への興味はうすれ、彼自身の思想を確立するための読書にはげんだ。ちょうどこの大学には社会主義者金子喜一が聴講しており、武郎に強い影響を与えた。エンゲルスの『空想より科学へ』やカウツキーの『社会主義共和国』などを買いこみ、金子とともにボストンの社会主義講演会に出席したりしながら、武郎の頭の中はしだいに社会主義思想を軸にして回転しはじめる。そしてまた、霊と肉の二元世界に苦しむ武郎のために運命が奇しくもしむけたかのように、彼は金子喜一の紹介で弁護士ピーボディを知る。明治三十八年一月のことである。

武郎はこの弁護士の家に朝晩の食事を仕度する約束で住み込んだのであったが、ピーボディという男は不思議な人物であった。彼は妻や子供と別居しており、武郎の目の前で時々素性の知れない女性を連れ込んだ。潔癖な武郎にとってこれはおどろくべき事実だった。また武郎はよくこの弁護士と議論した。そしてこの不心得な弁護士は議論を終えると必ずワルト・ホイットマンの詩を朗読して聞かせたのである。後年武郎は次のように回想している。

「彼は四十恰好《かつこう》の弁護士で、妙に善い事と悪い事とをちやんぽんにやる男だつた。家賃だとか出入商人の月末払ひだとかは平気で踏み倒して置きながら、貧乏な人が訴訟沙汰でも起しに田舎から出て来ると、幾日でも自分の家に逗留《とうりゆう》させておいて、費用も取らずに世話をしてやつたりした。……私はよく其の人と勝手な議論をした。彼は亦ホヰットマンを具体的に紹介してくれた一人だつた。私は其の前からこの詩人に就いて多少聞かされてはゐたが、その頃から始めてこの稀有《けう》な詩人に本当に親しむやうになつた。私は今でも二つの事で感謝しなければならぬ。一つはホヰットマンの紹介者として、一つは善行悪行の通俗的な見方から私を解放してくれた事に於て。彼に接してから、人を善人とか悪人とかに片付けないで、人として見るやうになつたから。」（「リビングストン伝の序」）

武郎はピーボディの朗読するホイットマンの詩を涙しながら聞き、長い間こだわりつづけた善とか悪とか霊とか肉とかの二元的な世界からようやく脱皮しはじめたのである。

脚にまかせ、心も軽く、私は大道を濶歩《かつぽ》する、
健全に、自由に、世界を眼の前に据ゑて、
私の前の黒褐色の一路は、欲するがまゝに私を遠く導いてゆく。

これから私は幸福を求めない――私が幸福そのものだ、
これからもう私はくよ〳〵しない、躊躇《ためら》はない、又何者をも要しない
剛健に飽満して、私は大道を旅してゆく。

（ホイットマン「大道の歌」より武郎訳）

ホイットマンの中に生命の「オアシス」を見出だした武郎は、以後急速に生命の哲学に接近する。ホイットマンとともに彼の親しんだ思想家はエマスンであり、ニーチェであった。とりわけエマスンの著述をあさるようにして読み拾い、すでに前年十月にはコンコードの住居を訪れて、偉人を偲《しの》んだのだった。自己そのものの確立、生命の実在を認識すること、武郎は自分というものが急速に寄せ集められてくるように感じた。

最後の一年「かんかん蟲」

明治三十八年六月、ハーバード大学をやめた武郎はピーボディ家を去り、一カ月間農家で働いてのち、一週間ほどクロウェル家で休息した。ちょうどボルチモアにいた森本が共同生活を申し込んできたので、八月から三カ月間をそこで過ごす。しかし読みたい本がないことを残念に思い、森本を説きふせてワシントンへ出た。彼はここでまさしく三度の食事を二度にし、議会付属図書館で読書に没頭した。イプセン、トルストイ、ゴリキー、ツルゲーネフ、ドストエフスキー、ブランデスそしてクロポトキン等々、彼の読書の焦点は社会主義精神へのめざめとともに、ロシア、北ヨーロッパの文学にしぼられた。なかでも深く研究した文学者はイプセンであり、戯曲『ブランド』を紹介した長文の評論「ブランド」を書いて札幌農学校の『文武会報』にのせたのもこの時である。この評論は当時の有島の考え方をよくあらわしているとともに、無政府主義者クロポトキンに影響された歴史観が強くうち出されている。

さらに重要なことはこの当時創作「かんかん蟲」を書きあげたことであろう。明治三十九年一月三日付日記に「夜は図書館に至る勇気なく『合棒《あいぼう》』の稿を脱す」とある。この「合棒」が後に題を変えて発表された「かんかん蟲」（明治四十三年十月『白樺』）

ワシントンでのスナップ

だったらしい。

かんかん虫とは船底の錆《さび》を落とすことを仕事にする人たちのことを言い、言わば最下層の労働者である。舞台は黒海沿岸のケルソン市の港。彼等は下層労働者であるというそれだけで他の人々から人間扱いにされない。主人公の「私」もヴォルガ河で船乗りをしたりカザンでパン焼きの弟子入りをしたりしながら、ついにここでかんかん虫になって働らく。その親玉のヤコフ・イリイッチは言う、

「おい、胴腹《どてつぱら》にたかつて、かん〳〵と鼓《たた》くからかん〳〵よ、それは解《げ》せる、それは解せるがかん〳〵蟲《むし》、蟲たあ何んだ……出来損《そこ》なつたつて人間様だらう、人面白《ひとおもしろ》くも無《ね》えけちをつけやがつて。……

だが蟲かも知れ無え。かう見ねえ、斯《こ》うやつて這ひずつて居る蠅を見て居ると、己《お》れつちよりや些度計《ちつとばか》り甘めえ汁を嘗《な》めてゐるらしいや。暑さにもめげずにぴん〳〵したもんだ。黒茶にレモン一片入れて飲め無えぢや、人間つて名は付けられ無えかも知れ無えや。」

ヤコフ・イリイッチにはカチャという娘がいた。健康そうなその娘に虫の仲間の一人「かんしやく玉」のイフヒムが好意をよせ、二人とも仲が良かった。ところが船会社の会計グリゴリー・ペトニコフがカチャをよこすようにヤコフに申し込んだ。グリゴリーは虫ではない。そこでヤコフはめずらしく考えこんだのである。日ごろ虫呼ばわりする者にカチャを与えたくない、しかしせめて娘くらいは人間らしい生活をしてほしい。ヤコフは言う、

「己が考へたなんちや可笑《おか》しからう。

可笑しくば神様つてえのを笑ひねえ。考へのねえ筈の蟲でも考へる時があるんだ。……娘の奴をイフヒムの前に突つ放《ぱな》して、勝手にしろと云つてくれようか。それともカチヤを餌に、人間の食ふものも食は無《ね》えで溜《た》めた黄色い奴を、思ふざま剝奪《ひつた》くつてくれようか。蟲つけらは何処までも蟲つけらで押し通して、人間の鼻をあかさして見てえし、先刻も云つた通り、親つてえものは意気地が無え、娘丈《だ》けは人間並みにして見てえと思ふんだ。」

考えたすえにヤコフは「空《くう》の空なり総《すべ》て空なり」という勝手な諺《ことわざ》を思い出して、娘に会計の所へ行けという。カチャはその言葉に従う。しかしおさまらないのはイフヒムである。彼はグリゴリーに復讐をくわだてる。ヤコフ・イリイッチはさらに「私」に語りつづける、

「宜いか、今日で比の船の錆落《さびおと》しも全然済《すつかりす》む。

斯《こ》う云つて彼は私の耳へ口を寄せた。

全然済《すつかりす》むんでグリゴリー・ペトニコフの野郎が検分に船に来やがるだらう。

イフヒムの奴、黙つちや居無《いね》え筈《はず》だ。」

「私」はヤコフが、「人間が法律を作れりやあ、蟲だつて作れる筈だ、と言つたのを想い出して蟲の法律的制裁が今日こそ公然と行はれるんだと思つた」。そして四時半をすぎた頃、検査に来たグリゴリーは虫の制裁を受けた。

「様《ざま》あ見やがれ。」

かんかん虫の笑い声の中を「私」は急いで手すりにかけ寄って下をのぞいてみる。

「積荷のない為め、思ふさま船脚が浮いたので、上甲板は海面から小山の様に高まつて居る。其の甲板にグリゴリー・ペトニコフが足をかけようとした刹那《せつな》、誰が投げたのか、長方形のズク鉄が飛んで行つて、其の頭蓋骨《ずがいこつ》を破つたので、迸る《ほとばし》血煙と共に、彼は階子《はしご》を逆落《さかおと》しにもんどり打つて小蒸気の錨の下に落ちて、横腹に大負傷をしたのである。薄地セルの華奢《きやしや》な背広を着た太つた姿が、血みどろになつて倒れて居るのを、二人の水夫が茫然立つて見て居た。

私の心にはイフヒムが急に拡大して考へられた。……」

ごく短かいこの作品はしかし後の有島文学のあらゆる可能性を示すものとして重要なのである。ゴリキーの影響が強いと言われる作風は、徹底したリアリズムの精神に支えられ、しかも下層労働者の場に作者自身の眼を据えつけることによって武郎の思想の方向を暗示している。後に「宣言一つ」を書いてブルジョア階級の敗北を身をもって表明した彼の生涯を思うにつけ、この「かんかん蟲」による第一歩には考えさせられる点が多い。また武郎の留学生活の最後を象徴的に物語った作品とも言えよう。

五月、両親にあててヨーロッパ旅行を願い出た。一年ほど前から弟壬生馬がイタリアで美術の勉強を続けていたゆえ、日本に帰る前にヨーロッパの旅を思い立ったのである。

九月一日、三年間の留学を終えた武郎はプリンツェス・イレーヌ号に乗り込んでニューヨーク港を出航した。アメリカを去るにおよんで武郎の日記はファニーに捧げる言葉でかざられた。

「いとしいファニー。比国での最後の日が来た。数限りない、甘いそして悲しい思ひ出が胸に迫る。……ファニー、君は我が魂、我が心、人生の泉なのだ……」（九月一日）

ヨーロッパ旅行

九月十三日、船は壬生馬の待つナポリに着く。そこからポムペイ、アマルフィ半島をまわって二十三日にローマの壬生馬の下宿に着いた。一カ月をローマとその周辺の古跡見物に過ごし、さらにアッシジ、ペルシア、フィレンツエ、ボロニア、ヴェネチアをまわって十一月一日にミラノに着く。このイタリア旅行で中心的に見たものはやはり美術館であり博物館であり古い寺院であった。並すぐれた才能と鑑賞眼を養っていた武郎であってみれば当然なことなのだが、実物に接してみて、ギリシア、ゴシック、ルネサンスの三大期の芸術にあらためて感じ入り、なかでもゴシック芸術には来たるべき新しい文化と芸術との可能性を考えた。そして時間の許すかぎりスケッチをし、また絵葉書をつくって国許へも送っている。武郎の芸術観はその歴史観とともにこの旅行によって確認され、以後一貫している。

十一月十一日、ロンバルディア平原を北上し、アルプスの山々をながめながらスイスのローザンヌへ。そこに三日、ジュネヴアで遊んで十四日の夕刻にはベルンに着く。さらにルシェルンを経て十七日の午後チューリッヒに到着。目まぐるしい旅である。ここからシャフハウゼンに到り、生涯の心の友としたホテルの娘ティルダ・ヘックにはじめて会い、壬生馬の友人たちも加わって若い芸術家仲間との楽しいひと時が過された。ティルダはスペインの民謡を歌った。武郎は日本へ帰ってからも折にふれてティルダへ手紙を出し、ティルダもわざわざ札幌の武郎宅を訪問するほどに二人は親しみあった。

二十三日夜スイスをあとにした二人は翌朝ドイツのミュンヘンに到着し、当市自慢の美術館を次の日の開館と同時にたずねて、フランドル派絵画の文字通りの宝庫に接して感嘆した。さらにニュルンベルク、ドレスデン、ベルリンへと旅をつづけ、十二月八日にはワイマールに着いてゲーテやシルレルの跡をたずね、十二月十六日フランクフルトへ。そこからゲーテの旧家をたずね、十八日にはライン河を辿ってケルンへ出た。

大英博物館でのスケッチ

二人はさらにオランダに向かい、アムステルダムからハーグへと進む。この国に居た時間も大部分が美術鑑賞にあてられた。二十四日にはロッテルダムからアントワープへ、そして二十五日にベルギーのブリュッセルに至り、十二月二十九日、パリに入った。これまでの旅で武郎がとりわけ注意した画家はレンブラント、ヴァン・ダイク、ルーベンス、ジオットー等であった。

壬生馬がしばらくパリに滞在することになったので、一月十七日、武郎はロンドンへ向けて発つ。ロンドンには一カ月少々滞在し、『衣服哲学』で札幌時代に親しんだカーライルの家を見学し、また当時ロンドンに亡命中のクロポトキンを労働者街に訪問して感激を新たにした。クロポトキンに会うことはアメリカに居た頃からの念願だったのである。

ロンドンのタワー・ブリッジ（武郎画）

明治四十年二月三日、武郎は日本郵船の因幡丸でロンドンを出航し、地中海を抜けてポートサイトからスエズ運河を経て一路日本へむかった。途中、地中海の船の上で彼は三十歳の誕生日を迎えた。船から見渡たせるさまざまな港の風景や海の色に眼を見張り、それらを毎日のように写生している。また彼が船中で熱心に読んだ書物はトルストイの『アンナ・カレーニナ』だった。三月二十一日、セイロンのコロンボに入港。海に投げ込まれた小銭を、潜《もぐ》って拾い上げるカヌーの子供たちにみとれた。シンガポールへ三月二十八日に、香港へ四月四日に入り、神戸港に着いたのは四月十一日であった。

ふたたび札幌へ

結婚ばなし

結局武郎は何の希望ももたずに一人の文学愛好家として一生を終わる決心で日本へ帰って

きた。日本の政府そのものにも愛情を失ないつつあったのである。

「……故国！故国は私を迎へるであらう。が然し、悲しいかな、私には故国と呼ぶべきものはない。」

(四月三日船中にて)

帰ってきた武郎にはしなければならない用件が多かった。八月には父とともに北海道の狩太農場を視察に出かけ、札幌の友人たちとも旧交をあたため、さらに瀬川末ゑが堕落したことを知って心を痛めた。(この時の農場における父と武郎との様子がのちに「親子」になったと言われている。)

さらに九月から三カ月間、麻布連隊の予備見習士官として軍隊生活を送る。この生活中、弟壬生馬の友人志賀直哉や武者小路実篤を知った。もちろん軍隊で知ったのではない。彼等はみな学習院の仲間である。志賀はその頃、彼の家へ手伝いにきた女性に想いをそめて結婚まで約束したところ、父志賀直温の怒りに触れて困まっていた。この解決のために武郎は武者小路とともに力を尽したのである。後に武郎が白樺派の一員となる一歩がここから始まった。

志賀の結婚問題とともに武郎自身にも結婚話が起きた。しかし武郎はみず知らずの女性との結婚に不安を感じ、むしろそれくらいなら河野信子と結婚した方がいいと考えてそのように父に申し出た。信子は武郎の留学中ずっと彼を慕いつづけ、時折手紙を送っていたのである。しかし父は「身分がちがう」と言って反対したらしい。武郎は志賀が父に反抗したようにはしなかった(志賀は事実上の夫婦となって父に逆らった)。どこまでも親孝行な武郎は父の話を断わるだけでせいいっぱいだったのである。結婚話はそれで流れた。そして十二月、軍隊生活を終えた武郎は、東京を去る時が来た、と思った。信子が小柳津《おやいづ》邦太氏と婚約したのである。武郎の心はぞんぶんに傷ついた。そして信子もまた……。彼女は翌年四月に結婚した。しかし結婚後も武郎を慕いつづけ、そのためひどい病気にかかったという、ふしあわせな女性であった。十二月五日、札幌農学校が東北帝国大学農科大学と改称された母校に、武郎は英語講師として勤務することに決定した。

札幌

明治四十一年一月、すでに農学校の教授になっており、前年に結婚した森本厚吉にすすめられて、札幌北六条西一丁目の彼の家へ武郎は身を寄せた。熱烈なクリスチャン森本が結婚したことを妙なことのように思いながら……。

武郎はこの大学できわめて印象的な、そして学生に親切な、洋行帰りの教師だった。三月から学生監として寄宿舎に入り、また日曜学校の校長をもつとめ、その倫理講話は武郎自身の生活経験から説き起こされて、学生たちの人気を集めた。また一週一回の社会主義研究会を学生有志とともに開いて勉学に励んだ。しかし学校での生活が模範的であればあるだけ、武郎の内面は混乱をきわめていた。彼はもはやキリスト教に心を休めえない。とはいうものの他に彼の心を休息させるものが見出だせない。彼は彼自身に退屈しはじめた。早く独立した人間になりたい、早く家とか因襲とかの束縛から逃がれたい……そう思い込んではみても行動にならないのである。

「余は生きてゐる魂と更に密接に接触したい。余は真の世間を更に多く知りたい。その中に真直《まっす》ぐに飛び込まうか。他の一切を無視して。……人は紙とインキだけでは生きては行けない。人は己が魂と相触る魂を必要とするものだ。」(三月十二日)

「魂」、それはホイットマンの言葉であった。彼は人間の真赤な心臓に彼自身の手で触れてみたかった。丸裸の生命、そこに真実がありはしないか、そして社会主義の運動にも……。しかし彼の周囲にきまじめなクリスチャンはいても丸裸の人間はいなかった。

「余は生命ある生涯を送つてゐるのではなく、死せる生涯を送つてゐるのだ。厭《いと》はしい、生半可な生存に呪《のろい》あれ!」(四月一日)

四月十七日、彼は自己嫌悪のあまり赤岩温泉へのがれた。が、それもだめだと知った五月三日、一丁のピストルを買い、自殺を企てたのである。けれども運命はまだ彼に生存の権利を与えていた。彼が自殺を企てた時、父が病気になったという通知がきた。彼は考えた、もし父が死んだら一家はどうなることか……死ねなかった。……そして父は時を置かずに恢復した。

結婚

ふたたび結婚話が持ちあがった。三十歳を過ぎた武郎であってみればむしろ遅すぎたくらいである。あれこれと話はもつれたが結局、九月一日に神尾安子(十九歳)と見合いをし正式に婚約した。安子は陸軍中将神尾光臣の次女である。武郎は安子に彼のすべてをかけた。婚約期間中の二人の清らかな愛の中に彼は神の愛を見たように思い、純粋に霊的な世界が可能なのかも知れないとも考えたのであ

結婚記念写真

る。彼は言う、

「婚約の間私は妻に対して純粋な霊的な考へ方をする事が出来た。……半年の余に亙《わた》る期間を私は無邪気なる子供のやうな清い心で過《すご》すことが出来た。物心を知つてから私はこの時位性慾を浄化し得た事はなかつた。この調子なら私は苦しい信仰との葛藤《かつとう》から一つ救はれる事が出来るかとさへ思つた。かくて婚約の期間私と妻とが往復した手紙の中には、屢々《しばしば》信仰の事や清浄な生活の事やが熱心に書き綴《つづ》られてゐた。」

（「リビングストン伝の序」）

二人はほとんど毎日のように手紙のやり取りをした。彼は幸福そのものだった。しかし男女の清らかな愛が神の愛と一致するものであったか？はたして彼は時がたつにつれ、ふたたび不安におそわれはじめたのである。

「余の心は憐れにも、最近安子に対して冷めて来た。余が気も狂はんばかりに彼女に投げかけたあの劇《はげ》しい愛は、何処に行つたのであらう。」（一月三十一日）

二人は明治四十二年三月に結婚式を挙げた。社会的にも経済的にもめぐまれ、はた目にはなに一つ申し分のない二人であった。結婚のために移った北二条西三丁目の家に安子を迎え入れた彼は、しかしひとりで悩みつづけた。婚約中のあの純霊的な清らかな愛はどこへ消えたのであろうか、と。あまりにも潔癖な彼は、信仰によって人間が霊そのものにならなければ満足しなかった。なにも知らない安子はそんな武郎をいぶかった。しかしそれだからと言って結婚生活が武郎にとって不幸だったのではない。むしろ彼はそこから人間を人間として見直しはじめたのである。人間は神ではない、欲も良心も兼ね備えた人間でしかない……彼は彼自身がもはや神の子でないと思うようになった。

『白樺』創刊

明治四十三年四月、同人雑誌『白樺』が創刊された。当時日本の文学界では自然主義の風潮がようやく行き詰まりをみせはじめていた。そこへトルストイの人道主義思想の影響を強く受けた白樺派の人々が颯爽《さつそう》と登場したのである。武者小路実篤・志賀直哉・長与善郎・木下利玄・柳宗悦・郡《こおり》虎彦そして有島武郎・有島生馬（壬生馬）・里見弴の三兄弟（里見弴は武郎の末弟山内英夫のペンネーム）など……。彼等はみな学習院の出身者であり、武郎はその先輩格として、志賀や武者小路や弟壬生馬のすすめで加わったのである。

白樺派は学習院の変わり者の集まりだった。彼等は在学中すでにいくつかのグループを作って廻覧《かいらん》雑誌を出して書きたいことを書き、特権階級の子弟の集まる学習院の中で、そのうるさい学則にもかかわらず、えて勝手にしたいことをし、また自由に落第して異端的存在をほしいままにした。かくして「金のため、食ふために文学をやる必要はなかった」彼等は一つの大きなグループにまとまり、トルストイ信奉者の武者小路を中心に『白樺』を創刊したのである。当時一高に入学したばかりの芥川龍之介はこの雑誌に接して「文壇の天窓を開け放」ったようなさわやかさを感じた。この雑誌は大正十二年八月まで続き、文芸面だけにとどまらず西欧の後期印象派を中心にした絵画・美術を写真入りで積極的に紹介し、日本美術界に大きな貢献をした。創刊号には武者小路の「それからに就て」、志賀の「網走まで」などが載せられ、武郎は「西方古伝」という短編をのせた。武郎の文学的活動の第一歩がここにしるされたのである。

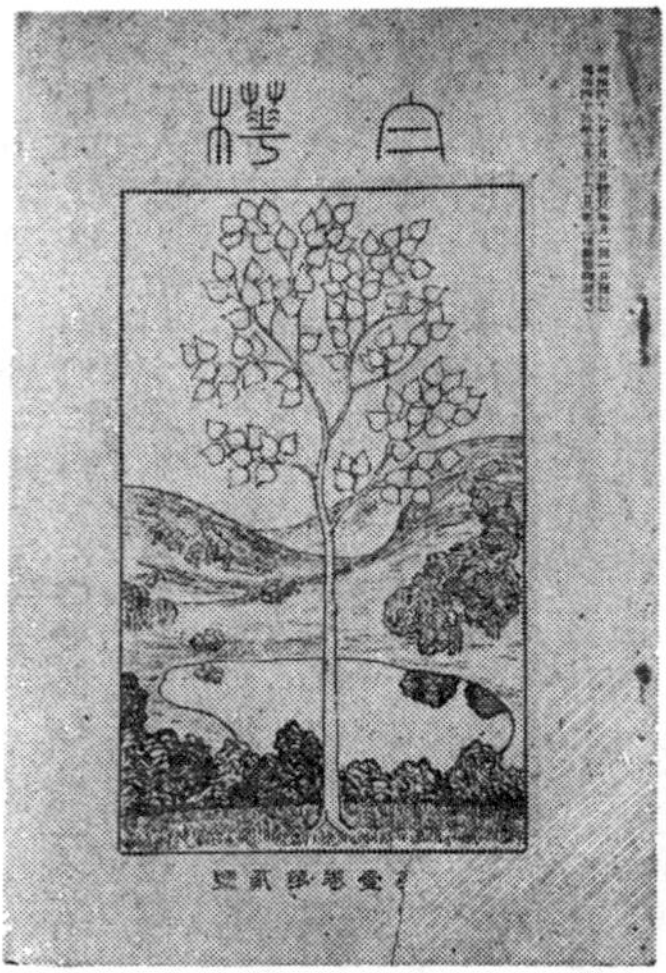

白樺創刊第二号（明治43.5）

　そして創刊第二号つまり五月号に「二つの道」がのせられる。自己を見つめる自己をもつ近代人の悩み、あるいは霊と肉、知と情といった人間の二元的な苦しみを象徴的に語り、武郎の生涯を知るための重要な問題点をここに提起した。さらに七月号には一幕物の戯曲「老船長の幻覚」をのせ、八月号には「二つの道」を具体的に説明した「も一度二つの道に就て」を書き、十月号に「かんかん蟲」を、十一月のロダン記念号にはロダンの生涯と芸術とを紹介した「叛逆者」を書く。これらを一貫して流れている思想は「二つの道」であり、自己を確立するための悩みであった。キリスト教や因襲からの離脱に苦しむ武郎の姿がそっくり浮き彫りにされている。

背信と生活危機　明治四十四年一月から彼は『白樺』に「或る女のグリムプス」を連載しはじめた（後の有名な長編「或る女」の前編にあたるもので、大正二年三月号まで断続的に書きつがれる）。そしてこの頃、家庭と社会との両方から一つの危機に直面した。

一月には長男行光（後の俳優森雅之）の誕生をみた武郎も結婚生活への疑問はやまず、さらに結婚した信子から手紙が来ることなどから、安子との間に見えない溝ができた。夫婦は真剣に離婚を考えた。しかし武郎はこの問題を別な形で解決した。おもて向き熱心なクリスチャンであればあるだけ苦痛が増す。だから彼は熱のさめたキリスト信仰から離れる決心をしたのである。春のある日、精神生活のより所であった札幌独立教会に、彼は突然一枚の退会届を出して去った。森本にも相談しないまま……。彼はこの瞬間から人間らしくなったように思えた。

ところがこの背信とともに彼を襲ったのは警察の眼であった。クリスチャンであったことが彼の社会的な立場を保護していたのだが、社会主義研究会という勉強会の中心人物としての武郎は、キリスト教を去った時から刑事につきまとわれる身となったのである。おそらくこの事件も、陸軍中将の娘として育った安子には不安の種になったのであろう。時は日露戦争の二年後、軍隊の増強とともに帝国主義の国家組織がかためられ、単なる民主主義活動を行なった人々ですら牢屋につながれた。前年六月には有名な「大逆事件」によって、無実の罪で幸徳秋水はじめ社会主義思想家が一網打尽に捕えられ、この年の一月には早くも処刑されていたのだった。

ベルグソン

明治四十五年三月には「小さい夢」という戯曲を発表した。これは「二つの道」の考え方をそのまま持ち込んだものである。そして七月十七日に次男の敏行が誕生した。明治天皇崩御の十二日前である。この年の十月(大正元年)にはまた内村鑑三が札幌を訪れた。そして武郎にキリスト教から離れた理由をたずねた。武郎は詳しく説明するとともに復帰する意志のないことも明らかにした。

「それではまあ君の思ふ通りやつて見るがいゝだらう。」

淋し気な表情で一言そのようにつぶやいて内村は去った。

迷路にも似た武郎の心にも、このころ一筋の光がさし込んでいた。二元的な矛盾を解決する糸口を探り当てることができたのである。その糸口とはベルグソンの「生命の純粋持続」という哲学観なのだ。この年の五月、ベルグソンの『時間と自由』を読み、人の純粋自我は意識の底で持続して流れる、というその哲学観を知って彼は自分をとり戻したように思った。純粋自我、それが内部生命なのだ、人は意識する自我によって存在することを認識する、武郎の存在は霊でも肉でもない、内部生命に胡座《あぐら》した人間としての実在なのだ。意識と無意識との、つまりは自己をみつめる自己の二元性に苦しんだそれまでの武郎が一歩高められたように思えた。ホイットマンが輝いてみえた。

次の年（大正二年）の活躍の中心を、彼はホイットマンにおいた。ベルグソンによって目ざめた武郎の眼にホイットマンはまさしく「魂」（生命）そのものの詩人として鮮明な像を結んだ。六月には「ワルト・ホキットマンの一断面」を、七月にはホイットマンの詩集『Leaves of Grass』から武郎の好む詩を選んで彼自身の「純粋持続」の考えを表明した「草の葉」を書きつづった。かくしてここに、生命の作家有島武郎が誕生したのである。

八月には北十二条西三丁目に新築した西欧風のモダンな家へ移り、十二月二十三日には三男行三が誕生して、彼の生活は内外ともに充実したものとなった。

安子の病気

武郎の著述生活にも油がのった。大正三年一月には童話「真夏の夢」、創作「お末の死」、二月には「新しい画派からの暗示」、四月には激動する感情の世界を描いた創作「An incident」、七月にはベルグソンの思想に自己を映し出した「内部生活の現象」、八月には短編「幻想」をと、たて続けに書きまくった。またこの月には両親とともにはじめて鹿児島をおとずれた。

しかし運命はどこまでも彼を苦しめねばやまなかったものらしい。九月の末になって安子が病気を患ったのである。はじめのうち気管支炎だということでさほど重くも考えず、札幌の病院で治療を続けたのだが、十一月を過ぎても回復にむかわず、むしろ病状は悪化しはじめた。肺病……今でこそ肺結核で死ぬ人は少ない。しかしこのころ肺病はまだ死病として扱かわれ、気候の穏やかな空気の澄んだ所で療養生活によって癒すより方法がなかったのである。安子の体質も丈夫な人のようにはなかったらしい。武郎は決心した。安子を鎌倉で療養させよう、と。

十一月の末、大学の職を辞した武郎は重病の安子と、なにも知らない子供たちとを連れて、東京の実家に戻ってきた。安子はそのまま鎌倉の別荘に移り住んだ。武郎三十六歳の暮れ、第一次世界大戦の始まった年である。

東京

安子死ぬ

一カ月ほどを鎌倉ですごした安子は翌大正四年の正月十三日頃、平塚の杏雲堂病院に入院し、療養に専心することになった。この生活によって病状は少しずつ回復にむかうかに見えた。子供たちは東京の母幸子の手に預けられ、武郎はもっぱら東京と平塚との間を往復して用をたした。安子が元気を取り戻しはじめたので、三月に再び札幌へ行き、家を整理して友人たちとも一応の別かれをして帰っ

安子への慰問絵はがき

た。雑用に追われて原稿に手をつける時間すら持てなかったが、それでも安子に回復のきざしの見えはじめたことが、彼にかけがえのない希望を与えていた。安子はしきりに子供たちの身を心配し、武郎に一日一日をごく細かな点についてまで聞きたがった。武郎は安子の側に居る時にはそれらを楽しく語ってやり、また東京に居る時には欠かさず手紙や絵葉書きに書いて送ることを日課とした。また安子に日記を書くことをすすめ、あるいは歌を詠《よ》むことをすすめて、彼女の心を落ち着けようとつとめた。安子の歌より――

白百合《しらゆり》の如《ごと》き子なれば其《その》胸に
　露や置くらむ母病みてより
微笑《ほほえみ》と涙の外《ほか》に言葉なき
　小《ち》さき心の母恋ふらしも（四月四日）

夏場をむかえ、蒸し殺されるような日々がさながら熱いうねりにも似てくり返される中で、安子はしかし少しずつ元気になっていくようだった。食欲も増し、家の外へ出て食事をとれるほどに力を得た安子をみて、このぶんだと完全に癒《なお》るかもしれない、と武郎も周囲の者たちも喜びあった。彼はふたたび原稿用紙にむかう余裕を得て七月から『白樺』に「宣言」を連載しはじめ、さらに九月号には戯曲「サムソンとデリラ」を発表した。安子とともに戦かってきた長い月日が、輝かしい勝利への道程であったかのように、彼には思われた。

「安子は大によろしい。是れは一寸《ちよつと》奇蹟に類する。医者が驚いてゐる有様だ。大分肉もついて来た。矢《や》張寝《はり》たなりではゐるが、あの分なら命だけは取とめたと云つて差支なからう。およろこび下さい。」（十月四日原久米太郎宛）

友人からの見舞状の返事を武郎はこのようにしたためたのである。ただ当人の安子だけは、闘病の苦しさに耐えかねてか、武郎が思うほどの余裕をもってはいなかった。十一月の安子のうたより――

春追ひて乙女心は旅に出て
　帰らねばこそ我れは老ひぬる
生も死も人のこの世の戯《たわむ》れと
　思ひ入るまで思ひ入りぬる
あはれなり瓶にさしたる秋の花

枯れても散らず執着のごと
我児等《わがこら》に似たれどかなし人形の
つぶらなる眼はまたゝきもせず（十一月十七日）

回復しつつあるかにみえた安子の小さな胸の中で、人目に見えないのを幸いに病巣は少しづつふくらんでいった。暮れもおしつまった十二月二十九日、東京の武郎のもとへ安子からの手紙が届いた。

「正月末にはきっと死にますから……」

病気は回復していたのではなかったのか……横面を張り倒される思いだった。事実このころから安子の病勢は一進一退をくり返しはじめ、その顔から明かるさが失われていった。苦しい不安が武郎をおびやかす。それでもこの一年の仕事が二作に終わってしまったことが彼の仕事への情熱をかきたてた。新しい年（大正五年）を迎えた一月には戯曲「大洪水の前」を、三月には「首途」（長編「迷路」の序編）と「フランセスの顔」を発表して、不安な生活から確実な自己の歩みを見出そうとつとめたのである。

「妻の病気は進退なしと云ふ有様です。或《あるい》は駄目《だめ》なのかも知れません（かう書くのは恐ろしい事ですが）。不思議に切迫した心になります。」（三月二十一日吹田順助宛）

四月に入って病勢はますます進んだ。……たとい妻が死ぬようなことがあってもその死をむだにしてはならない、そこから生に密着した生き方を導き出さねばならない……この頃からであったろうか、武郎がこうした決心を強く固めたのは。五月に入ってすぐ安子は病院の一室から離れの一屋に移った。少しでも気分が変わってくれればとの願いから、わざわざ別の家を借りたのである。武郎の仕事も中断し、七月に「クロポトキンの印象」と「潮霧《ガス》」との短文を書いただけであった。

そしてふたたび暑苦しい夏をむかえ、まさに闘病生活の二年目を迎えようとする八月一日の夜、もはや力つき果てた安子は呼吸すら困難となり、ついに危篤状態に陥った。すでに電車もたえ、その夜にはまに会わない家族や親戚に電報を打って、武郎は安子の病床につき添った。医者はまた子供たちに会わせることを拒《こば》んだ。病気のうつることを恐れて……。八時頃、安子はみずからガラス管をとって重湯《おもゆ》と野菜のスープとをすすった。「おいしい」とひとこと言ってふたたび頭を枕へ落とし、黙ったままじっと目を開いていた。見守るその瞬間がはたして人生のいく時間に値するものか……武郎は胸をしめつけられるような思いに駆られてそっと場をはずすと、ひとしきり虫の音のすだく暗闇の庭へ降り立った。足音に虫の音がやんだ。天も地も無限の暗黒に突き落とされたような闇の中で、言い知れない寂寥《せきりょう》が彼をおそう。永遠の離別だけが目の前に迫っている……。闇の中を這うようにして一輪の花をつみ、悲しみを闇の世界に捨て去りたい思いで彼はふたたび安子の病床へ戻った。ただひとり、彼女の最後の夜を見守りたい……。じっと側につき添う夫の心を、もはやそれと知った安子は、しかし苦しい息の中から吐くようにして言った。

「あなたが眠らなければ、私も眠り辛いのです。どうか、寝に就いてください。」

これが安子の最後の言葉となった。夜の明けるまで生命を持ち耐えた安子は、翌朝午前八時、ついに二十七年の短かい生涯を閉じたのである。自分の臨終には誰の見取りもなく、夫一人の介抱で死にたいといった彼女の遺志のとおりに、武郎だけにみとられながら……。

この日、武郎は壬生馬へあてて次のような手紙をしたためた。

「子供の御世話を何共難有《どうもありがと》う。

安子からも何事も云はず僕からも何事も云はず二人は静かに永訣しました。

僕は彼女の愛を虐《しいた》げなかつた事をうれしく思ひます。愛のふみにじられなかつたものゝ死は美しいものです。今はもう悲しむべき時ではなくなりました。」（八月二日）

安子の遺書より。
「子供達には私の死と云ふ事を知らせない様にしていたゞき度いと思ひます。御葬式などには参列させないで下さい。小さな清い子供心に死とか御葬式とか云ふ悲しみを残させる事はほんとに可哀相《かあいそう》で又悪い事で御座います。ほんとにどうぞ知らせないやうに、お葬式の日などにはどこかへ遊びにやつて下さい。女中達にも皆んなに云ひつけて決して私の死を知らせては下さいますな。必ず〳〵。大きくなつて知る時が参りませう。それまでは病気と云ふ事にして置いて下さい。」（大正五年二月八日・「松蟲」より）
安子の遺書にしたがって、子供たちは最後まで母の顔すら見ずに別かれたのである。初七日の夜、そんな子供たちのために武郎は安子へ歌を捧げた。

弔歌

我子等《わがこら》よ御空《みそら》を仰げ今宵《こよい》より
汝を見守る星出づらむぞ
三児に代りて
母君よ我が母君よ母君よ
わがはゝぎみよわがはゝぎみよ

父死ぬ

安子の葬式を終え、武郎は子供たちを連れて軽井沢の別荘に二カ月を過ごした。この二カ月、彼は安子の想い出の中に生き、彼女が病床で書き綴《つづ》った「病床一年の思出」をまとめ、『松蟲』と題して一冊の本にしあげ、親戚や知人に送った。軽井沢での歌——

初秋の夜半《よわ》をかたみのをさなごは
母なきねやに何夢むらん

十月には北海道の狩太農場を査察し、札幌の旧家を訪れて安子の思い出を新たにしたのだったが、いまだ悲しみの癒《い》えない十一月、父がまた不治の病にかかっていることを知らされた。胃癌! 父の健康はすでにこの年の四月頃から衰えはじめていた。そしてこの頃までの武郎は厳格な因襲の長である父の死をひそかに思っていたのである。父さえいなければ自己そのものの丸裸かになって好きなことが書ける、社会主義への自由なはばたきも可能なのだと彼は思いつづけていた。しかし実際に父が死ぬと決まった時、彼の心は動揺した。

「本当を云ふと、自分の仕事を心ゆくまでする為に（良心にかけて、他の目的あつてゞはないが）、ひそかに父上の死を希望してゐた。併《しか》し比の由々《ゆゆ》しい知らせを聞くと、父上の生命に対する私の態度は、すつかり変つて了つた。私は唯《ただ》父上の恢復を願ひ望む許《ばか》りだ。神よ！其は余り残酷すぎます。残酷すぎます。」（十一月八日）

武郎の祈りにもかかわらず、癌は確実に父の生命を喰いすすんでいった。そして十二月四日午前七時四十五分、ついに七十三歳の高齢をもって父は永眠した。死に臨んだ父の様子を武郎は親友足助素一に次のように書いて送っている。

「最後のストイックとも云ひたい程の最後だつた。父の死を見て僕は一段と彼を見上げざるを得なくなつた。二十七日の夜からの吐血と来てはすさまじいもので、カッと吐くとまはりで看護するものは不思面《おもわず》を伏せて仰ぎ見る事が出来ない程であつた。二三日すると肉体の衰弱が甚しくつて脚部には全く脈は感ずることが出来なくなつたが、病人の意識は益々明確になつた。而して一度も苦しいとか痛いとか云ふ事を口にしないで、心地のよい時には非常に心地よさうに物語つた。『死ぬのがこんなに楽なものなら極楽行きと云ふ事はたやすいものだぞ』と母に云つて聞かせたり、『俺は遠から死を超越してゐる、悲観もない楽観もない』と友に云つたり、『心は深い楽しみを感じてゐるが病気が肉体を苦しめるので困る』と傍人に云つたりした。病苦がつのつて来ると『今度は何で戦つてやらうかな』と云ひながら、戦闘の準備をした。死ぬ前一日、即ち十二月の三日には山内夫婦（英夫＝里見弴夫婦）とその親戚とを枕許に呼んで、二部屋も措《お》いて聞える程の大声で一時間余も大演説をやつた。四日の朝七時母の顔を見せろとて熟視し、僕の顔を見せろとて熟視し、次に手まねで先帝の御写真を生馬に斉さしめ合掌してから、自分で北方に向きなほり、何時死んだか分らぬ様にして七時四十五分に死んだ。」（十二月十四日）

わずか四カ月ほどのうちに武郎はかけがえのない二人を失なった。それとともにこの痛みの中から、長年求めつづけた自己の有り得べき独立を彼は獲得したのである。個性そのものの正しい発展……おもえばあまりにも悲惨な代償であった。彼は言う、

「この二つの事実は私には大転機だつた。何時までもいゝ加減に自分をごまかしてゐられないと思つた。私は思ひ切つて自分を主にする生活に這入《はい》るやうになつた。もう義理もへちまもない。私は私自身を一番大切にしよう。一番可愛がらう。私は私を一番優《すぐ》れた立派なものに仕立て上げる事に全力を尽さう……」（「リビングストン伝の序」）

著作活動　世界は第一次大戦のまっただ中を進んでいた。日本も大正三年八月にはドイツに宣戦布告をし、十一月には青島《チンタオ》を占領して翌大正四年一月、袁世凱に対華二十一カ条要求を提出した。中

国にふたたび激しい抗日運動が盛り上がってゆく。また国内での民主主義運動も少しずつ勢力をたくわえつづけた。大正五年には吉野作造を中心とした有名な民本主義論争が展開され、また労働運動も活発になった。いわゆる大正デモクラシーと呼ばれる民主主義活動が強く表面化するのがこの大正五年である。

　この年にはまた文学にも傑出した作品が数多く発表された。一月、森鷗外の「渋江抽斎」、二月、新人芥川龍之介の「鼻」、六月、夏目漱石の「明暗」連載、八月、永井荷風の「腕くらべ」、九月、十九歳の少女宮本百合子の「貧しき人々の群れ」、十二月、広津和郎の評論「怒れるトルストイ」。民主主義の自覚に立つすぐれた文学者たちによってここに新しい吹息がふきこまれたのである。もちろん白樺派は言うまでもない。

　「宣言」「サムソンとデリラ」「大洪水の前」「首途」と個性の確立を主題にした一連の作品を五年までに書いてきた武郎の著作活動は、妻と父との死をきっかけに、あたかも堰を切った奔流となって世の中へあふれ出た。大正六年に発表された作品だけでも「死と其の前後」(妻の死をあつかった戯曲)「平凡人の手紙」「カインの末裔《まつえい》」「クララの出家」「実験室」「凱旋《がいせん》」「奇蹟の詛《のろ》ひ」「迷路」と九編を数え、ほかに評論を含めて

著作集第一集『死』

発表したもの十二編に及んだ。またこの年三月ごろから一高の学生たちとともに「草の葉会」を始め、毎週月曜日には武郎の家で議論を戦かわしている。そしてこの年十月に新潮社から有島武郎著作集第一集『死』(「お末の死」「死と其の前後」「平凡人の手紙」)が刊行された。武郎の作品がはじめて単行本となり、彼の作家としての名がここに確立されたのである。彼はこの著作集の一冊を手にして安子の墓に参り、彼女の遺骨の下にそっと敷いた。十二月には第二集『宣言』(「宣言」)が刊行され、力強い個性の叫けびにひきつけられた読者によって、たちまち売り切れるほどであった。以後著作集は第五集までを新潮社から、第六集以後第十六集までを足助素一の叢文閣から出版される。

この大正六年三月、ロシアで二月革命の烽火があがった。武郎はこの情勢を注意して見守った。ロシア革命は十一月に入って十月革命となり、ここに社会主義新政府ソビエト連邦が成立して武郎の心を強く揺り動かした。

武郎の著作活動は大正七年に入っても精力的に続けられる。一月に「暁闇」(「迷路」の続編)「動かぬ時計」「小さき者へ」、三月に「死を畏れぬ男」「生れ出づる悩み」、四月に「石にひしがれた雑草」など、有島文学の主流がこの二年間で形成されるのである。この年の九月、著作集は足助素一の叢文閣へ移り、第六集『生れ出づる悩み』が刊行される。この頃神近市子との交際もあった。

「惜みなく愛は奪ふ」

大正八年三月、武郎は「或る女」の前編を第八集として発表し、ついで六月に後編を第九集として出した。そしてこの頃から彼の活躍は作品そのものよりむしろ評論の方へと傾いていった。二年間の華々しい活躍ののち、彼の生活から生まれる芸術がそろそろ底をついてきたのである。それは大正九年に入っても同じことであった。童話「一房の葡萄」と短編「卑怯者」とのほかに彼の創作はみあたらない。

世の中は第一次大戦の終結とともに、労働組合の結成が急速に進められ、労働運動の頂点をむかえる。武郎はこの中にあって、労働者の真の独立がどこから生まれるかを考え続けた。そしてすでに大正六年に断片「惜みなく愛は奪ふ」を発表して個性の絶対自由を叫んだ彼は、労働者の独立もこの個性確立以外にないと考えたのである。それとともに有産階級者（ブルジョアジー）と無産階級者（プロレタリアート）との対立に深刻に悩むこととなり、彼自身の属する有産階級の没落を予想しはじめた。けれども新しい時代に生きる人々の個性の自覚なしには社会の発展がないことを痛感した彼は、彼自身の思想を集大成した『惜みなく愛は奪ふ』を著作集第十一集として出版する。彼は言う、

「私の個性は絶えず外界を愛で同化することによつてのみ生長し完成してゆく。……例えば私が一羽のカナリヤを愛するとしよう。私はその愛の故に、美しい籠と、新鮮な食餌と、やむ時なき愛撫とを与へるだらう。人は、私のこの愛の外面の現象を見て、私の愛の本質は与へることに於てのみ成り立つと速断することはないだらうか。然しその推定は根柢的に的《まと》をはづれた悲しむべき誤謬《ごびゅう》なのだ。私がその小鳥を愛すれば愛する程、小鳥はより多く私に摂取されて、私の生活と不可避に同化してしまふのだ。唯いつまでも分離して見えるのは、その外面的な形態の関係だけである。小鳥のしば鳴きに、私は小鳥と共に或《あるい》は喜

び或は悲しむ。その時喜びなり悲しみなりは小鳥そのものであると共に、私にとっては私自身のものだ。私が小鳥を愛すれば愛するほど、小鳥はより多く私そのものである。私にとって小鳥はもう私以外の存在ではない。小鳥ではない。小鳥は私だ。私が小鳥を生きるのだ。（The little bird is myself, and I live a bird)」（「惜みなく愛は奪ふ」）

"I live a bird"――ここに愛がある、生命の燃焼がある、この生命を確かめるところに新しい生き方がある、武郎はこのように訴える。

彼はまたこの考えによって婦人解放の運動にも積極的に筆をとった。虐げられた日本の女性の独立を彼女たちの個性に訴え、婦人雑誌には許す限り書いた。そのためもあってか、彼の周囲をさまざまな場の婦人たちがとりまいていた。彼が独り身であることを知ってそれとなく思いを寄せる女性も多かった。また彼の戯曲が舞台にかけられることも多く、その関係から新劇の女優たちも親しく彼に近づいた。新らしいデモクラシーの中で彼女たちも育ちつつあったのである。

『惜みなく愛は奪ふ』はこのように武郎の華やかな作家活動の頂点を形成した。しかしそれとともにあまりにも飽満した彼の内面は、知らず知らずのうちに無目的な虚無の世界へ彼をいざなっていった。暗い晩年への道行きがはやくもここに象徴されていたと言えよう。この年四十二歳である。

世の常のわが恋ならば

「宣言一つ」

労働運動は、大正七、八年の米騒動とともにますます激しさを増し、さらに大正九年、日本ではじめてのメーデーが行なわれ、普通選挙法運動の隆盛とともに、民主主義確立の全国的な闘争が展開されていった。こうした大正十年二月、秋田県の土崎港で、労働者文学の拠点となった第一次『種蒔く人』が創刊された。全国の至る所で労働組合の結成とストライキとが決行され、日本の社会はまさしく労働者の手に実権が移るかに見えた。『種蒔く人』は十月に改めてページ数を増し、第一次『種蒔く人』として東京で創刊された。小牧近江、金子洋文といった新しい時代の文学者を中心にしたこの雑誌には白樺派の同人達も積極的に参加し、武者小路実篤、有島武郎らが執筆者として顔をつらねたのである。

しかし武郎の生活はどこまでも暗かった。実際に展開されている労働運動が、はたして労働者の真底の自覚から生まれたものかどうか、彼には疑問だったのである。ただ利益を追求するだけの運動に過ぎないのならば、開けてくるはずの新しい社会にももはや希望はない。プロレタリア階級はその一人一人が個性の実現にまずいそしまなければならないのではないか。

「今の私に取つては凡ての前に個性の要求、然る後に個性の建設、然る後に社会の改造がある。」（「自己

の要求」大正十年)

彼は労働運動のいたずらな煽動者《せんどう》になりたくないと思った。それだけにまた生命を燃焼させ得る世界に飛び込めない自己の淋しさをも、にがい思いで噛みしめねばならなかったのである。淋しさはそれだけではない。彼がどこまでもブルジョア階級に止まるものでしかない、といった絶望的な虚無感が、彼の頭の中でぐるぐると渦巻きはじめた。個性の充実すら求められず、自己の将来を絶望視せざるを得なかった武郎は、その唯一の生活源ともなる著作活動にもはっきりと行き詰りを感じた。小説「白官舎」(未完の長編「星座」の前編にあたる=七月)のつづきを書こうと必死になっている彼の焦りとはうらはらに、筆は原稿用紙の上を進もうとしない。強く個性を叫ぶ彼の活気に満ちた表面には想像だにし得ない虚無的な分裂が、内面で広がっていった。もはや生活そのものを徹底的に改めなければ何も生まれない、そしてそれを早く実行しなければならない、しかし親の財産を食って生きている自分に、その子供と母親とを抱えながらそれが出来るものであろうか。のみならず「愛は奪ふ」という考え方は、新しい社会にとってあまりにも自由に過ぎたものではないのか。武郎はそこに絶望を感じた。プロレタリアートの自覚は未熟だ、しかも彼自身の考えは遠い将来の社会へのそれだ、ブルジョア階級に育った知識人が現実に生きる道はない、あるとすれば、世のブルジョア階級の人々に、道のないことを悟らせる仕事だけ、まさしく「敗北」を自覚させる仕事が残されているだけなのだ、武郎はそのように考えつめた。

世に「敗北の宣言」と言われる「宣言一つ」を発表したのは大正十一年一月のことである。

「私は第四階以外の階級に生れ、育ち、教育を受けた。だから私は第四階級に対しては無縁の衆生の一人である。私は新興階級者になることが絶対に出来ないから、ならして貰はうとも思はない。第四階級の為めに弁解し、立論し、運動する、そんな馬鹿気切つた虚偽も出来ない。今後私の生活が如何様に変らうとも、私は結局在来の支配階級者の所産であるに相違ないことは、黒人種がいくら石鹼で洗ひ立てられても、黒人種たるを失はないのと同様であるだらう。従つて私の仕事は第四階級者以外の人々に訴へる仕事として始終する外はあるまい。……

若《も》し階級闘争というものが現代生活の核心をなすものであつて、それがそのアルファでありオメガであるならば、……どんな偉い学者であれ、思想家であれ、運動家であれ、頭領であれ、第四階級的な労働者たることなしに、第四階級に何物をか寄与すると思つたら、それは明らかに僭上沙汰である。第四階級はその人達の無駄な努力によつてかき乱されるの外はあるまい。」(「宣言一つ」より)

これは周囲からの様々な反響を呼んだ。しかし武郎はどこまでもこの考えを変えなかった。そして彼自身の身のまわりを少しづつ改ためていったのである。

農場解放　父の生前から、武郎にとって狩太の農場は苦しみの一つであった。場主が手をこまねいて、小作人から小作料をしぼり取って生活する、それが潔癖な武郎の心を痛めつづけていたのである。新しい社会実現のために、たとえ失敗に終わってもいい、武郎はこの四百五十町歩にわたる広大な農場を、開墾してくれた小作人たちへ譲り渡す決心をした。それにつけても、ただ小作人たちの私有としてしまうのでは意味がない。そこで彼はこの農場を農民の共同経営にして、彼等に平等な生活をを与えようと考え、札幌の農大にいる森本原吉へ連絡をとって経済学部の学生たちに経営の研究を依頼し、また東大からも一人の経済学を学んだ者を連れて、七月十一日東京を発った。十三日、狩太農場に着くとそのまま農場の視察にまわり、十七日までに整理をつけ、知人たちへ挨拶まわりをした。この間、力強い自然の風景を黙々と描きつづけて武郎を感動させたアマチュアの青年画家木田金次郎の家を訪れて、漁師の生活にも直接触れ、生活の痛ましさを感じた。(木田金次郎は「生れ出づる悩み」の主人公のモデル)。

明けて十八日、武郎は管理人吉川銀之丞とともに、小作人たちを農場にある神社の一角に集め、農場解放の主旨を説明した。

「私がこの農場を何んとか処分するとの事は新聞にも出たから、諸君もどうすることかと色々考へて居られたらうし、又先頃は農場監督の吉川氏から、氏としての考へを述べられた筈だから、私の処分についての大体の様子はわかつて居られたかとも思ひます。けれどもこの事柄は私の口づから申出ないと落着かない種類のものと信じますから、私は東京から出て来ました。」

武郎は話しつづける、

「父は、私が農学を研究してゐたものだから、私の発展させて行くべき仕事の緒口をこゝに定めておく積りであり、又私達兄弟の中に、不幸に遭遇して身動き出来なくなつたものが出来たら、この農場にころがり込む事によつて、兎に角餓死だけは免れることが出来ようとの、親の慈悲心から、この農場の経営を

狩太の農場解放記念碑をのぞむ

決心したらしく見えます。親心としてこれは難有い親心だと私は今までも考へてゐます。けれども、私は親から譲られたこの農場を持ち続けて行く気持が無くなつてしまつたのです。で、私は母や弟妹に私の心持を打明けた上、その了解を得て、この土地全部を無償で諸君の所有に移すことになつたのです。

かう申出たとて、誤解をして貰ひたくないのは、この土地を諸君の頭数に分割して、諸君の私有にするといふ意味ではないのです。諸君が合同してこの土地全体を共有するやうにお願ひするのです。……今の世の中では、土地は役に立つやうなところは大部分個人によつて私有されてゐる有様です。そこから人類に大害をなすやうな事柄が数へ切れない程生れてゐます。それ故この農場も、諸君全体の共有にして、諸君全体がこの土地に責任を感じ助け合つてその生産を計るやう仕向けて貰ひたいと願うのです。」（「小作人への告別」『泉』より）

農民たちは不思議そうなおももちで、この場主の言葉に聞き入っていた。武郎の、まさに実行しようとする並すぐれた良心を感じ取るには、彼等の過去はあまりにも暗いみじめな生活の連続であった。話し終わって、そうした農民たちの思いを心に感じながら、武郎はそれでも良いと思った。彼等が実際に新しい生活へ踏み出した時、その時には理解してもらえるだろう、と。武者小路が現実生活を改めるために日向に「新しき村」を建設したとき、武郎は武者小路の計画の失敗を予想し、そのように述べた。と同時に自分も近い将来ある事を実行して「存分に失敗しよう」とも言った。失敗か成功か、それは後になってみなければわからない。けれども、自己の思うままの一事実をここに確かな実行として為したよろこびが、このときの武郎の胸をふるわせたのである。

農場は「共生農園」と名づけられた。これは第二次大戦後の農地改革によって、それぞれ個人の私有地となった。

『泉』創刊

敗北者として為すべき仕事の第一歩を農場解放によって実現した武郎は、よりつきつめた生活に入る努力を重ねつづけた。彼は住んでいる麴町の広大な邸宅を処分し、方々に持つ土地も売り払って必要最小限度の家を借りて住む決心をし、借家探しをはじめた。純粋にペン一本で立つ生活、自分の労働によって生計を立てる生活を実現したい……彼はそれまでの特権的生活を確実に切りくずしていった。母は反対した。しかし武郎はもはや母のくり言を聞こうとしなかった。母にはすまない、しかしこれまでのような虚偽に固まった生活は崩さねばならない、そのうち母も納得してくれることだろう、彼はそのように信じた。

それとともに、彼はこれまでの文筆活動をも反省した。

「私は毎月雑誌新聞の類に何かを書かねばならなくされる。それが常によい気持ちを以てばかりではない。時には心にもなく註文を引き受けた自分に対する憤満にいら〱しながら約束の期限が逼つたために筆を執るやうな時もある。それを受け取る人に対しても、それを読む人に対しても、又自分自身に対しても、不満であらねばならぬ状態にあつて筆を執るやうな時もある。」（『泉』を創刊するにあたつて」）

彼は、こんな状態では良いものが書けないと思った。しかも彼自身の考えからゆけば、個性そのものを強く呼びかけるのに、流派だとか主義などは考えられない。新しい世界はどこまでも個性をつかむ所から出発する。それゆえ武郎は文壇という狭い社会にとらわれたくなかった。「一家一流派」、それを可能にするためには好きなように載せられる雑誌があれば良い。彼は言う、

「而して遂に自分一人の雑誌を出して見ようといふ決心に到達した。どうせ毎月いくらかづゝのものを書かねばならぬのなら、それを一つにまとめて発表した方が、自分としても快いし、私の書いたものを読まうとしてくれる人にも便宜であると考へたからだ。」（同前）

かくしてここに武郎個人の雑誌が『泉』と名づけられて創刊された。大正十一年十月。発行所は武郎の友人足助素一の主宰する叢文閣である。創刊号には創刊の辞についでホイットマンの詩と、戯曲「ドモ又の死」、「小作人への告別」がのせられ、十一月、十二月と毎月発行された。この年は、倉田百三と武郎自身の考え方とをくらべ、あわせて労働運動への考えを述べた「『静思』を読んで倉田氏に」で埋められた。彼はまちがいなく彼自身の立場を表明し、純粋に労働者階級だけの目ざめを叫けびつづけたのであった。だが……

大正十二年三月、武郎は四谷南寺町に新しい家を見つけ、そこに移る準備をしていた。しかしこの頃から、武郎の書くものは、何もかも虚無的な色彩につつまれはじめていた。一月号の『泉』には酒に狂った者の希望のない姿を描いた「酒狂」と、自己の授った文化を淋しく否定した感想文「文化の末路」を、二月号には「酒狂」と似たような人生の敗北者を描いた「或る施療患者」を書き、また生活の中では「愛」に充足することのない虚しさを抱きつづけていたのである。その二月二十五日、武郎は足助へあてた手紙に、近い将来を予想するかのような文章を記した。

「この先きどんな運命が来るかわからない。この頃は何んだか命がけの恋人でも得て熱いよろこびの中に死んでしまふのが一番いゝ事のやうにも思はれたりする。少し心が狂ひ出してゐるなと自分でも思ふが、自分の仕事を完成した処がそれは結局次ぎの時代には古典としてのみ残れば残る種類のものだと考へて来たりすると自分の生活の前途が妙に暗らく見えたりするのだ。この年になつて熱情が底深い所に動き出すやうになつてからは世の中のことが少し明らかに見え始めたらしい。子供のやうなよろこびを以て見つめてゐたものが存外中ぶらりんのものに見えたりして来る。もう一つ掘り下げてそこに更らに堅い地盤に出喰はすまではこの不安は到底安定に達しさうに見えない。一元生活を完成するに至るまでの煩悶に似て更らに迷路的な動揺が僕の上に来つゝあるのだらう。然し僕はそれを避けはしないつもりだ。崩れるものは思ふまゝに崩れさせて見る。そのあとに何が残るか。残るものがあつたら僕は今よりももう少し立派なものになる事が出来るだらう。」

それまでの温和な人格者武郎を慕っていた読者が離れはじめた。そして別の世界の新しい読者がそれに代わっていった。彼はまた、それを確かに知って、しかも希望のない世界を次々と描いていった。感想文「永遠の叛逆」（第三号）、アナキズムの匂いの強い「骨」、さらに、詩の中にこそ生命の燃焼があるとみた「詩への逸脱」（第四号）、詩「瞳なき眼」（第四・五号）と、心の狂いに焦りながら死ぬ想いで書きつづけた。

しかし、武郎を取りまくさまざまな世界の女性たちは、あい変わらず武郎に接近して、ある者は想いを寄せ、ある者は妹のように、またある者は親しい女友達のようにふるまった。演劇の女優たち、上流社会夫人たち、あるいはまた出版関係の婦人記者たち……。

『泉』終刊号

そしてそれら女性たちの中に、『婦人公論』の記者波多野秋子がいた。「この頃はなんだか命がけの恋人でも得て熱いよろこびの中に死んでしまふのが一番いい事のやうにも思はれたりする」。この言葉には深い意味があった。波多野秋子は二年ほど前から武郎の家へ原稿依頼のため出入りしていた。そして足助への手紙を書いた頃、秋子はすでに武郎に慕わしい想いをうちあけていたのである。このようなことは過去に多かった武郎だったので、そのはじめ、彼女にはっきりと断わった。しかし彼女は武郎から離れようとはしなかった。もはや「崩れるものは思ふまゝに崩れさせてみせる。そのあとに何が残るか。…」とまで徹底して自己を崩しにかかった絶望的な武郎だったのである。彼は秋子の誘いにのった。もし二人の愛の中に生命の純粋な燃焼が可能ならば……新しい社会から脱落した武郎の脳裏を、ただ一筋の飛躍の道ともみえる炎の世界が燃え広がった。

しかしながら、武郎が求めたこの最後の「本能的生活」(『惜みなく愛は奪ふ』)は、どこまでも社会に背をむけた悲しむべき道行きだったのである。のみならず、波多野秋子は人妻であった。

雨の浄月庵

妻の道ならぬ恋を知った波多野春房は武郎を訴えると言い出した。六月七日午後四時、病気で入院していた足助素一のところへ武郎から電話が入った。

「これから行くが差支へはないか……相客は困るから、若し来る人があつたら断つてくれ」

武郎にしてはめずらしい申し出だと思っていた三十分ほどのち、いつもの調子で「ヤー」と声をかけながら武郎が入ってきた。人を遠ざけたあと、武郎は早口に話しはじめた

「僕は監獄へ行くよ、監獄へ……

僕は最近波多野秋子と恋に陥ちたんだ。――秋子は婦人公論の記者だ。波多野某の妻なんだ。――」

「波多野は冷静な態度で『それほどお前の気に入つた秋子なら喜んで進上しよう。併《しか》し俺は商人だ。商売人といふものは物品を只《ただ》で提供しはしない。秋子は已《すで》に十一年間も妻として扶養したし、その前にも三

波多野秋子

四年間引取つて教育したのだから、ただでは引渡せない。代金をよこせ』といやがつた……。」

「波多野は『お前はケチンボだから、お前を苦しめるには金を取るのが一番だ。但し一度だけ支払へば、それでいゝとは思ふな。俺は終生お前を苦しめてやるのだ』ともいやがつた。」

武郎の気持ちでは、波多野から「秋子は俺になくてはならぬものだ」とでも言われれば心から恋を悔いたのだという。しかしあまりにも侮辱されてかえって気が楽になった武郎は、「自分の生命がけで愛してる女を、僕は金に換算する屈辱を忍び得ない」と申し出た。波多野は、訴えると言えば武郎が泣いてわびるものと思い、「警視庁へ同行しろ」と言った。しかし武郎は逆にそれを受けたのである。なんとか金をとろうと考えて波多野は、「どうしてもお前が支払を拒むなら、一人一人お前の兄弟を呼びつけて、お前の業晒《ごうさ》らしをして是が非でも金は取ってみせる」とまで言ったという。話しはそこで中断した。武郎は二三日待ってもらうことにして足助のもとへ相談に来たのである。秋子は「波多野の要求を入れて、一時円満に納めて呉れ」と武郎に頼んだらしい。しかし足助をたずねた時の武郎は「甘んじて監獄へ行く」決心を固めていた。足助も武郎のくやしさがわかるように思えた。しかし、傍からある女性に三人の子供のことを言われて、武郎の目にはじめて涙があふれた。

「こんなことをいふのも変だが、……実は僕等は死ぬ目的を以て、この恋愛に入つたのだ。死にたい二人だつたのだ。……波多野にかうまで侮辱されて見ると、これは仲々死ねないなと思つてゐる。……口惜しいからねえ……」

足助は武郎の言葉をもぎとるようにして、死ぬことに反対した。

「うん。かうなつては僕も死なれない。監獄へは入る。二年後に出獄する。秋子は完全に自分のものになる。何という嬉しさだ。……それから或る時期に……」

「何をいふのだ君は。一体君は近頃よほど、どうかしてるよ。生への肯定はどうしたんだ。絶望は死の三十秒前でも遅くはないとの持論はどうしたんだ」

「……僕は全く行き詰まつたんだ。僕の前面は真暗なんだ。子供だつてどう教育すべきかも分らないし、僕のやうなものになつてはおしまひなんだから……」

「行き詰つた？何が」

「だつてさうぢやないか、僕は新興階級には無縁の衆生だ。生まれ代つて来ない限り、第四階級に力を合はすことは出来ない。僅《わずか》に、僕が働き得るのは第三階級にだが、第三階級は早晩滅亡するのだ。僕の力はその崩壊を内から助長することだけに限られてゐる。崩壊の為に働くものには死滅のみが残されてゐるんだ。」

「君は両階級を縦串する人間性を認めないのか、例へば『惜しみなく愛は奪ふ』に盛られた思想も、第四階級の人々には無縁だといふのか」

「人間性といつたつて、僕にはさういふ人間性といふものは認められないんだ。人間性といつたつて畢《ひっ》竟《きょう》自分のものだけだから。また惜しみなく愛は奪ふといつて見たところで一向奪ひもせず……」

「君は何といふのだ……」

その日は、死なないことの約束でわかれた。足助は神戸にいる友人の原久米太郎へ電報してすぐ上京するように連絡した。気の短かい足助より、気さくな原の方が事件をうまく納めると考えたのである。そして翌朝（八日）、足助が四谷南寺町の武郎の家を訪れると、そこに波多野秋子も来ていた。秋子も自首するつもりで寝巻一枚をふろしきに包んでいた。原の到着を恃《たの》みの綱とも考えた足助は二人の自首に反対した。が、話を聞いてみると二人は自首そのものに目的があったのではなかったらしい。自首によって波多野の秋子への監視を弱め、

「それから僕等は心静かにどこかへ……」

と武郎は言う。

「え、どこかへ行く？どこへ行くんだ」

「どこつてこともないが……」

「よし給へ。それだけはよして呉れ給へ。子供達を考へて呉れ、お母さんを考へて呉れ。それほどの幸

福を得たんなら血みどろになつても生を享楽するがいゝぢやないか」

必死に止めようとする足助の言葉の裏から武郎はこうつづけた。

「……情死の心理にかういふ世界が一つあることを解つて呉れ。外界の圧迫に余儀なくされて、死を急ぐのは普通の場合だが、はじめから、ちやんと計画され、愛が飽満された時に死ぬといふ境地を。死を享楽するといふ境地を。……僕等二人は、今、次第に、この心境に進みつゝあるのだ。」

「……」

「君が僕を惜しんで呉れるのは能く分つてゐるが。……あゝ何といふほゝゑましさだ。ねえ、秋子さん、こんな寂光土がこの地上にあるとは今まで思ひもそめなかつたね」

「……」

「秋子さん、僕はあなたに頼む。有島を殺さないで下さい。有島が死ねば、三人の子は孤児になるんだ……」

足助は秋子に懇願した。しかし秋子は悲し気な様子もみせず、

「二人で解つてさへ居ればいゝのね」

「あなたは愛する者の死を欲するのか」

たたみかけるような激しい語気にも、ただ同じ言葉をくり返してじっと有島を見上げている秋子の眼に、

足助は、武郎の大嫌《だいきら》いな蛇の目にも似た冷たい光すら感じたのだった。目の前にいながら、二人と足助との

間は、もはや入り込む余地のない見えない壁にさえぎられている……。それでも足助は、金を渡すという口実で波多野が気を緩ませたすきにという武郎に対して、金を渡さないのは武郎らしくないと忠告する。

「さうだね、それぢや渡してからにしよう。……君、僕が死ぬなんていつたことは聞かない分にして呉れ給へよ。」

「……」

「決して邪魔をして呉れるな」

「……」

「これは僕が一期《いちご》の頼みだ。よ、決して邪魔をして呉れるな」

「……」

――足助は回想する――

「有島は涙を流しながら、握手を求める形で右手を、僕の胸のあたりにさしつけ〳〵、幾度もこの言葉を繰返した。

今まで堰き留めてゐた涙が、一時に迸り出た。僕は号泣して、有島の手を握りしめた。

『僕は、僕の力が及ぶ限りはする。だが、僕の力に及ばぬことは……』

その後僕は何をいつたか覚えない。只泣いた。有島の肩を抱いて泣き合つたことを覚えてゐるだけだ。

帽子を忘れ、傘を忘れて門まで出ては思ひ出し思ひ出しゝて二度まで下座数に引返したことを覚えてゐ

当時の浄月庵

る。その都度、有島は階段を下り、最後に門まで送つて出て、

『金は渡すから……』

と淋しい笑顔に僕を見詰めて、それから門をしめきり、うちから掛け金をかけた。」

それでも足助は、金を渡すまで武郎は死なないものと思って、原久米太郎の到着を待った。午後七時二十分、東京駅に着いた原を迎えて事の次第を話し、二人は急ぎ武郎の家を訪ねた。――足助は回想する――

「門は直ぐにあいたが、玄関に薄暗い電燈の光がさしながら、入口は何れも厳重にしめきられてゐた。原が横手の小戸を乗り越えた。屋内には爺やが一人ねてゐたきりだ。それから又有島邸に引返した。書斎へ通して貰つて一時過ぎまで待つた。風雨の強い晩だつた。女中に勧められて別室で横になつた。

――午後二時頃帰宅し、遅い昼飯を一人で食つて三時頃、着物を着替へ、袴をはき、小風呂敷一つを持つて、物静かに立出でた有様など聞くにつけても、凡夫《ぼんぷ》の浅ましさは、三時といへば波多野に会ふ時刻だ。秋子から言はせるといってゐたが、自分で行ったのかなと思った。それにしても帰宅せぬのはおかしいが、多分その足で、昨日言ってゐた弟達と秘密に相談する為に、まづ生馬氏の所へでも行ったものだらう。——などと原と話し会ってゐたことだ。」

この夜、武郎と秋子とは軽井沢へむかう列車の中にいた。そして足助と原とが話しをかわしているちょうど同じ頃、雨の中を軽井沢の別荘浄月庵へ、ぬれそぼってふるえながら、抱きあうようにしてたどり着いたのだった。武郎は雨が好きだった——

武郎の遺書より

弟妹諸君……

私のあなた方に告げ得る喜びは死が外界の圧迫によって寸毫も従はされてゐないといふことです。私達は最も自由に歓喜して死を迎へるのです。軽井沢に列車が到着せんとする今も私達は笑ひながら楽しく語り合ってゐます。どうか暫く私達を世の習慣から引離して考へて下さい。たゞ母上と三児の上を思ふとき涙ぐみます。三児は仲のよい三人です。三人で仲よくしてゐなければ寂しくてたまらない者共です。向後も三人がどうかして常に一緒にあり得るやう、さうしてあなた方の愛に浴することが出来るやう合力して下さい。……

六月八日　夜列車中にて

母上、行光、敏行、行三宛

今日母上と行三とにはお会ひしましたが他の二人には会ひかねました。私には却《かえ》つて夫《そ》れがよかつたかも知れません。三児よ、父は出来る丈の力で闘つて来たよ。かうした行為が異常な行為であるのは心得てゐます。皆さんの怒りと悲しみを感じないではありません。けれども仕方がありません。

どう闘つても私はこの運命に向つて行くのですから、すべてを許して下さい。……

六月八日　汽車中にて

素一兄

……実際私達は戯れつゝある二人の小児に等しい。愛の前に死がかくまで無力なものだとは此瞬間まで思はなか

浄月庵跡の有島武郎終焉碑

つた。……

二人の遺体は一カ月後の七月七日になってようやく発見された。すでに信仰すら捨て去った武郎と、秋子との葬式は淋しいものであった。軽井沢高原の大自然の中で、まさしく生命の作家有島武郎にふさわしい野天の火葬が行なわれたのである。彼は自然の中にそだち、自然のふところへ帰った。

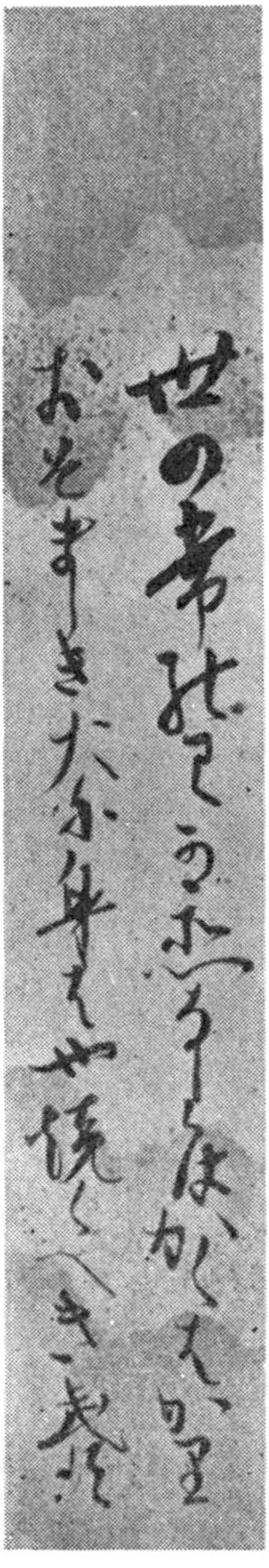
絶　筆

絶筆より

世の常の我が恋ならばかくばかり
　おぞましき火に身はや焼くべき
道はなし世に道は無し心して
　荒野の土に汝が足を置け

生れ来る人は持たすなわがうけし
悲しき性《さが》とうれはしき道

第二編　作品と解説

「二つの道」

明治四十三年四月に『白樺』が創刊され、その五月号に発表された『二つの道』は、ごく短い断想形式のエッセーにすぎないものではあったが、その時点における有島の思想のほどを象徴的に物語っていた。

思想の混迷

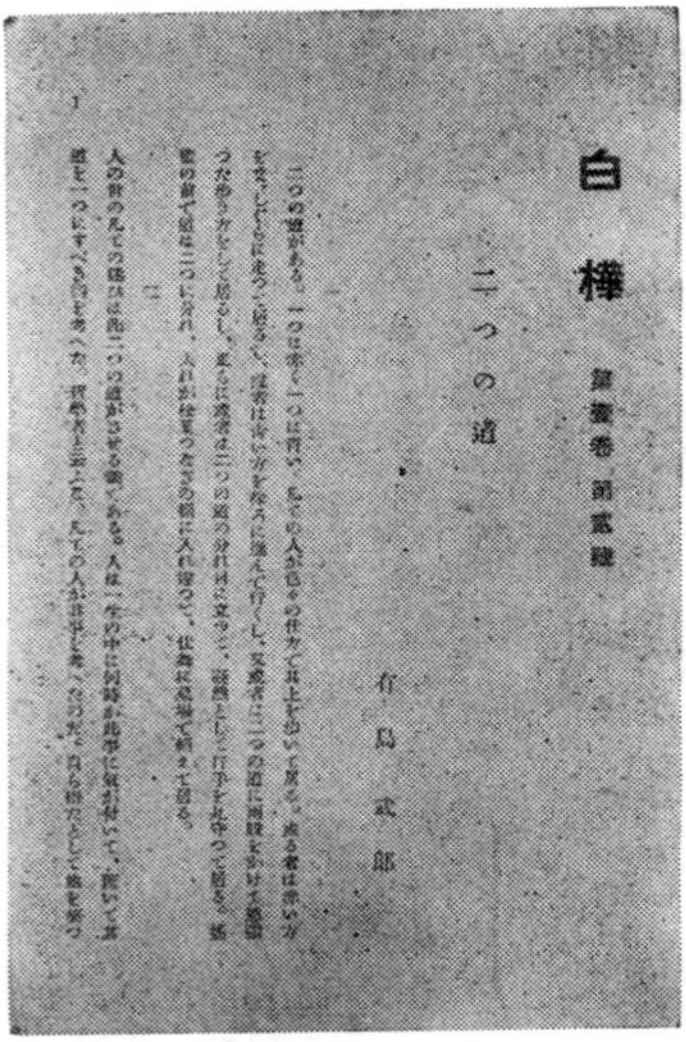
白樺　第壹巻　第貳號

二つの道

有島武郎

『二つの道』

留学から帰って三年目、彼はすでにキリスト教に支えを失い、それでも自己の「絶対」的な実在を求めつづけながら、また社会主義思想に親しんで札幌の学生たちと社会主義研究会を毎週開き、家とか因襲とかの枠から脱皮することを願ってあせりにあせっている時期だった。そしてまた神から離れたとはいうものの、「愛」というとりとめもなく広い世界に自己を生かす道がありはしないかと迷い、かつそれが安子との結婚生活によってみじめにもうち壊された時期でもあった。彼には、人間が絶対自由を獲得できる理想郷が、現実の社会では不可能のように思えてきた。なおかつ人間は自己を意識することによって常に二元の苦しみを背負い込む。理知の反対に感情がある、霊に対して肉がある、没我の世界で燃焼する生命の有頂点を、皮肉な眼でながめやる冷たい自己がある……『二つの道』がある。

『二つの道』が書かれる二年ほど前の四月、有島は日記に次のような物語りを書いた。——ある所に死ぬことを大層恐れた男がいて、死とは醜い怖いものと思いつめていた。ある時その男が山道を歩いていると前方に美しい花園が見えた。あまりの美しさに心ひかれて夢中で近づこうとした。ところが花園は目前にありながらいくら行っても近くならない。体じゅう傷だらけにしながら漸《ようや》く入口にたどり着いたら、「此処《ここ》は死の国なり此処まで来た人は死なねばならぬ」と書いてあった。——男の行き着いた死は「醜い」ものでなく「花園」だった。しかしその「花園」は「死なねば」得られない。生きた人間の世界にない「失はれた楽園」なのである。「絶対」的な楽園は有り得ない、という。彼はそのあとにいま一つ小さな話を書いている。

「悪魔と云ふものはよく悪戯《いたずら》をするものです。

或る時悪魔がこんがらがつた糸を人の子に与えて、それを解いてみろと申しました。人の子は一生懸命でそれを解き始めました。

先づ赤い糸を解かうとしますと、青い方の糸がこんがらがりました。

青いのをと思ふと赤のがこんがらがります。

黒も白も緑も黄も同じ様にこんがらがつて解けません。……
解けませんから人の子は、鋏《はさみ》で以《もつ》てそれをブツブツ切つて仕舞ひました。
それを見た悪魔は悪戯が思ふ図に中《あた》つたと云はん計りにカラカラとあざ笑ひました。」

あらすじ

「二つの道がある。一つは赤く、一つは青い。凡《すべ》ての人が色々の仕方で其の上を歩いて居る。或る者は赤い方をまつしぐらに走つて居るし、或る者は青い方を徐《おもむ》ろに進んで行くし、又或る者は二つの道に両股をかけて慾張つた歩き方をして居るし、更に或る者は一つの道の分れ目に立つて、凝然として行手を見守つて居る。揺籃《ようらん》の前で道は二つに分れ、それが松葉つなぎの様に入れ違つて、仕舞に墓場で絶えて居る。(一)

人の世の凡ての迷ひは此の二つの道がさせる業《わざ》である。人は一生の中に何時か此の事に気が付いて、驚いて其の道を一つにすべき術を考へた。哲学者と云ふな、凡ての人が其の事を考へたのだ。自ら得たとして他を笑つた喜劇も、己れの非を見出でゝ人の危きに泣く悲劇も、思へば人の世のあらゆる顕《あら》はれは、人が此の一事を考へつめた結果に過ぎない。(二)

人は相対界に彷徨する動物である。絶対の境界は失はれた楽園である。人が一事を思ふ其の瞬時にアンチセシス(反理)が起る。(五)」

赤い道が感情をさせば青は理知をさす。赤い道が肉をさせば青は霊をさす。ある対象に没入して赤い道を生きようとする人の心に、青い冷たい自己が働らく。ある理屈に反対したいと思う、さらに反対したことに反対したいと思う、「アンチセシス」はどこまでもくり返されて結着をもたない。有島はいう、

「人は色々な名によつて此の二つの道を呼んで居る。アポロ、ディオニソスと呼んだ人もある。ヘレニズム、ヘブライズムと呼んだ人もある Hard-headed, Tender-hearted と呼んだ人もある。霊、肉と呼んだ人もある。趣味、主義と呼んだ人もある。理想、現実と呼んだ人もある。……如何なるよき名を用ゐるとも、此の二つの道の内容を言ひ尽す事は出来まい。二つの道は二つの道である。(七)」

人はこのにがい「二つの道」を嚙みしめて生きねばならぬ、と彼は訴える。そしてこの人間の典型としてシェークスピアの『ハムレット』を例にとる。

「今でもハムレットが深厚な同情を以て読まれるのは、ハムレットが此のディレンマの上に立つて迷ひぬいたからである。人生に対して最も聰明《そうめい》な誠実な態度を取つたからである。……一つの道を踏みかけては他の道に立ち帰り、他の道に足を踏み入れて尚《な》ほ初めの道を顧み、心の中に悶え苦しむ人は固《もと》より事、一つの道をのみ追うて走る人でも、思ひ設けざる此時《この》彼時《かの》、眉目《びもく》の涼しい、額の青白い、夜の如き喪服を着たデンマークの公子と面を会せて、空恐ろしいなつかしさを感ずるではないか。(一二)」

無解決な人生の二つの道、分裂した心の悲劇、彼はハムレットをそのようにみた。しかしそのハムレットも外界からの圧迫に対しては自己を守らねばならない。分裂した自己を外界から守る人間。彼はそこにイプセンの『ヘッダ・ガブラー』を考える。ヘッダは身を殺してまで自己を守った。

「ハムレットである中はいゝ。ヘダになるのは実に厭《いや》だ。厭でも仕方がない。智恵の実を味ひ終つた人であつて見れば、人として最上の到達はヘダの外にはない様だ。（一四）」

近代人の悩み

無意識に流れてゆく純粋な自我に意識が働いたとき、人は自覚というものを知る。感激に溺れる自己をみつめる冷《さ》めた自己がある。それが『二つの道』なのである。「アンチセシス」の苦しみは生涯断ち切れない、と有島は言う。さきの悪魔のいたずらに人の子は鋏《はさみ》を使う。鋏は苦しみを断つ道具、考えることを止めるという意味である。しかしそれを止めた人間には「奴隷」のような、あるいは主君のため身を捨てた「忠臣」のような、あるいはまた石ころのような、無の生活しか与えられない。しかも絶対的な楽園はない。それゆえ人は考えることによって宿命的に『二つの道』を生きることになる。

「ハムレットは自分の父を殺し、自分の母を奪ひ、其の上自分自身さへ殺さうとしてゐる敵の叔父を目前に見ながら、又一方に叔父だつて人間の慾を持つてゐる。叔父を殺してどうするんだ、人間は皆無に帰して了《しま》ふぢやないかと彼は思ふ。即ち客観的彼と主観的彼とがある。」（「芸術的気分に生きよ」大正八年）

要するに有島はこの時、自己批判と呼ばれる近代人の悩みを悩んでいたのである。意識的な自己と無意識の自己との二面を背負ってその矛盾に苦しむところに人生の妙味があると彼は考えた。しかしこれはこの当時の彼の悩みとして有り得べきものではあっても、決してそれに止どまる性質のものではない。矛盾をのり越えてさらに統一された自我の確立に進む必然性を秘めている。ただこの時点ではそれが不確かのあまり、

『二つの道』という宣言文を書かざるを得なかった。この後、時を置かずして彼はこの世界に不満を感じはじめる。

「凡て斯くの如き二元的の生活内容を持たねばならぬといふ所に現代的煩悶があり、生命の退縮が起ります。

一例を挙げれば、有島が有島を批評するとしますと、その批評はどんなに鋭くても細かでも、有島を批評することによつて有島は少しも生きることが出来ません。……この自己批評の悲劇として最も代表的のものは『ハムレット』だと思ひます。彼は鋭い批評眼をもってゐた。彼には透徹した理智がそなはってゐた。しかし絶へまなき自己批評の結果は、死ぬまぎはまでその思想を実行に移すことが出来なかったのです。」(「内部生活の現象」大正九年)

意識と無意識とは別物でない。一つの自己の所産なのである。はたして有島はこの分裂の統合を追い求めはじめた。そしてそれは大正二年五月にベルグソンの『時間と自由』を読むことによって実現にむかう。統一された「魂」の所有者ホイットマンが彼自身のものになってゆく。ただそれまでの彼は『二つの道』の考え方を基準にした生活に身を置いている。ベルグソンに接してのち、『二つの道』は『惜みなく愛は奪ふ』(大正九年)の「智的生活」に定着する。

お末の死

『お末の死』は大正三年一月号『白樺』に発表された。前年五月にはベルグソンを読んで自己統一の一歩を踏みだしかつ三児の父ともなって、有島の生活は充実していた。それを反映してか『お末の死』は、有島の思想的動揺期にはめずらしく物静かな、美しい存在を誇る好編なのである。この年の四月には『An incident』という短編を発表している。冬の一夜、泣きむずかる子供を中心にして微妙にこじれる夫婦の心理を、虚無的なまでに激昂する夫の感情を通じて描き出したものであり、後の『カインの末裔』に結びつく作品であった。しかし『お末の死』は、どこまでも澄み切った作者の心が、一人の貧しい理髪屋の娘の死に至る行程を、暖かくしかし透徹した観察力をもって描き上げた作品として、ユニークな存在価値を誇っている。

少女へのあこがれ

「お末」という主人公の由来は、有島が遠友夜学校で教えた瀬川末ゑの印象によるのではないかと言われている。ただし確かな事実ではない。けれども貧しい家庭に生まれながら強く育ちつつあった瀬川末ゑを有島は常に暖かく励ましていた。年の頃十四、五歳のこの少女は、有島の励ましを素直に受けて、筆にならないような文章で手紙を書くこともあった。

札幌の書斎にて

「先生私七、八歳の頃より父母に病にかゝられ一、二年病気でねられ私二人は云ふに云はれぬ艱難致しました。我(或?)時はもらひに出た時も御座いますそして。やどる所もなくてほんとうにこまりました。先生そして私等は貧しき家に生まれて。さいほうにも行かれずそれに母がさいほうできず、どうしたらばよかろうかと考えてないてばかり居ますけれども之れもやはり神様が私に被下《くだ》さいましたたまものだと思ひ居ります。」

この少女によせる「同情」が強く心の内に響いて「お末」という主人公が誕生したのであろう。そしてまた有島は十四、五歳の少女の美しさにことさら感激する大きな一面を持っていた。留学中のファニーとリリー、次に紹介する『宣言』のY子らはなべてこの年頃の少女である。

「女が若し……十四十五以上に年を取らないものなら、世界の歴史はどれ程美しくなつたらうと僕は考へるものだ。……その年頃の美しい少女を見たり考へたりすると僕はよく涙ぐむ。……而して少女によつて連想させられる人類の運命は、逃れる術《すべ》なき美しさと痛ましさとを持つて居る。僕は非常にそれが好きだ。」（『宣言』より）

美しいものは朽ちる。その朽ちる寸前の輝やかしい美、そこには淋しささえただよう。有島はその頂点の悲しい美しさを最後の心中にまで求め続けた人でもあった。

あらすじ

「お末はその頃誰から習ひ覚えたともなく、不景気と云ふ言葉を云ひ〳〵した。

〈何しろ不景気だから、兄さんも困つてるんだよ。おまけに四月から九月までにお葬式を四つも出したんだもの〉

お末は朋輩にこんな物の言ひ方をした。十四の小娘の云ひ草としては、小ましやくれて居るけれども、仮面《めん》に似た平べつたい、而して少し中のしやくれた顔を見ると、側で聞いてゐる人は思はずほゝゑませられてしまつた。

お末には不景気と云ふ言葉の意味は、固《もと》よりはつきり判つて居なかつた。唯《ただ》その界隈では、誰でも顔さへ合はせれば、さう挨拶しあふので、お末にもそんな事を云ふのが時宜にかなつた事のやうに思ひなされてゐたのだつた。尤《もつと》もこの頃は、あのこつこつと丹念に働く兄の鶴吉の顔にも快《こころよ》からぬ黒ずんだ影が浮んだ。それが晩飯の後までも取れずにこびりついて居る事があるし、流元《ながしもと》で働く母がてつくひ（魚の名）のあらを側《そば》にどけたのを、黒にやるんだなと思つてゐると又考へ直したらしく、それを一緒に鍋に入れて煮てしまふのを見た事もあつた。さう云ふ時にお末は何んだか淋しいやうな、後から追ひ迫るものでもあるやうな気持にはなつた。なつたけれども、それと不景気としつかり結び附ける程の痛ましさは、まだ持つてゐよう筈がない。」

七人家族の貧しい家で最初に死んだのは長く病気の床に臥していた父だった。六月のなかばには、おとなしい二番目の兄が誰にも知られないようにして、心臓麻痺で死んだ。うち続く不幸を払い除けるかのように、お末の家は八月三十一日に大掃除をした。お末は手伝いに来た姉の子をおんぶして豊平川へ出かけた。子供たちが泳いでいる。後から洗い物を持ってきた弟の力三はお末に洗い物をたのんで川に入って行った。お末もまた洗い物をするでもなく、いつのまにか柳の木蔭で眠ってしまう。

「ほつと何かに驚かされて眼をさますと、力三が体中水にぬれたまゝでてら〳〵光りながら、お末の前に立つて居た。手には三四本ほど、熟し切らない胡瓜《きうり》を持つて居た。

〈やらうか〉

〈毒だよそんなものを〉

然し働いた挙句《あげく》、ぐつすり睡《ね》入つたお末の喉は焼け付く程乾いて居た。札幌の貧民窟と云はれるその界《かい》隈《わい》で流行《はや》り出した赤痢と云ふ恐ろしい病気を薄々気味悪くは思ひながら、お末は力三の手から真青な胡瓜を受取つた。背の子も眼をさましてそれを見ると泣きわめいて欲しがつた。

〈うるさい子だよてば、ほれツ喰へ〉

と云ってお末はその一つをつきつけた。力三は呑むやうにして幾本も食った。」

夕食後、はたしてお末は刺すような腹の痛みを覚えた。「その中に姉の膝の上で眠って居た赤坊が突然けたゝましく泣き出した。お末は又ぎよっとしてそれを見守った。姉が乳房を出してつき附けても飲まうとしなかった。」お末の腹のぐあいは翌朝にはなおっていた。しかし姉の子は昼過ぎに死んでしまった。朝から腹痛を起こして何度も便所にかけ込んでいた力三もどっと寝ついて、激しい下痢をくり返しながら骨と皮ばかりになって死んで行った。

たて続けに四つの葬式を出した鶴床はこうして不景気のどん底につき落とされてゆく。不幸のためヒステリーにかかった母は毎日のようにお末を責める。しかし彼女は、母の歪んだ口もとから「何か悪いものを食べさせて、二人まで殺したに、手前だけしやあ〱して居くさる、覚えてろ」とののしられながらも、「どうにかして胡瓜を食べたのを隠して居る償《つぐな》ひをしよう」と思いつめ、育ち盛りの体をまめまめしく働らかせて店を手伝う。

こうした十月の末、野原へ無限軌道を見に出かけてつい帰りが遅くなったお末を、母はいつになくひどく叱った。

〈生きて居ればいゝ力三は死んで、くたばっても大事ない手前べのさばりくさる。手前に用は無え、出てうせべし〉

〈死ねと云っても死ぬものか〉と心の中で反抗しながら、お末は姉の家へ逃げた。しかし、いつもならかぱってくれる姉もこの日はちがっていた。姉はいろ〳〵と小言《こごと》をならべたてた。

〈さう云へば、何時《いっ》から聞かうと思つて居たが、あの時お前豊平川で赤坊に何か悪いものでも食べさせはしなかつたかい〉

〈何を食べさすもんか〉……

〈力三だつて一緒に居たんだもの……私はお腹《なか》を下しはしなかつたんだもの〉

姉は疑い深くお末をみつめた。お末はわけのわからないことをつぶやきながら、そのうち黙りこんでしまった。責められれば責められるほど何も言えなくなった。うなだれた頭を押しあげでもするかのように、彼女の胸は悲しい思いでいっぱいになってきた。お末は無我夢中で泣き伏してしまう、そして……

「お末は泣きたいだけ泣いてそつと顔を上げて見ると、割合に頭は軽くなつて、心が深く淋しく押し静まつて、はつきりした考へがたつた一つその底に沈んで居た。

〈死んでしまはう〉……」

家に帰ったお末は、大掃除の日にお菓子でも見つけたように力三にみせびらかして鶴吉に叱られた昇汞《しょうこう》を小皿にとると、ふたたび姉の家へむかった。……夜になって、姉の所で預《あずか》っている女の子が鶴吉の家に飛び込んできた。

〈末ちやんが死ぬよ〉

「鶴吉は笑ひながら奥に居る母に大きな声でその事を話した。母はそれを聞くと面相をかへて跣足《はだし》で店に降りて来た。

〈何お末が死ぬ？……〉

而して母も突然不自然極まる笑ひ方をした。と思ふと又真面目《まじめ》になつて、

〈よんべ、お末は精進も食はず哲を抱いて泣いたゞが……はゝゝ、何そんな事あるもんで、はゝゝ〉

と云ひながら又不自然に笑つた。鶴吉はその笑ひ声を聞くと、思はず胸が妙にわく〳〵したが、自分もそれにまき込まれて、

〈はゝゝあの娘つ子が何を云ふだか〉

と合槌《あひづち》を打つて居た。母は茶の間に上らうともせずきよとんとしてそこに立つたまゝになつて居た。

そこに姉が跣足《はだし》で飛んで来た。鶴吉はそれを見ると、先刻の皿の事が突然頭に浮んだ――はりなぐられるやうに。而して何んの訳もなく〈しまつた〉と思つて、煙草入れを取つて腰にさした。」

お末は苦しみつづけながら一秒一秒に死んでいつた。

「強ひて家に留守させて置かうとした母も、狂乱のやうになつてやつて来た。母はお末の一番好きな晴れ着を持つて来た。而してどうしてもそれを着せると云つて承知しなかつた。傍の人がとめると、それならかうさせてくれと云つて、その着物をお末にかけて、自分はその傍に添寝をした。……

〈おゝよし〳〵。それでよし。ようした〳〵。ようしたぞよ。お母さん居るで泣くな。おゝよしおゝよし〉

と云ひながら母はそこいらを撫で廻《まわ》して居た。……

次の日の午後に鶴床は五人目の葬式を出した。降りたての真白な雪の中に小さい棺と、それにふさはしい一群の送り手とが汚ないしいみを作つた。鶴吉と姉とは店の入口に立つて小さな行列を見送つた。棺の後ろには位牌を持つた跛足《びっこ》の哲が、力三とお末とのはき古した足駄をはいて、ひよこり〳〵と高くなり低くなりして歩いて行くのがよく見えた。

姉は珠数《じゅず》をもみ〳〵黙念した。逆縁に遇つた姉と鶴吉との念仏の掌《てのひら》に雪が後から〳〵降りかゝつた。」

涙の作家

「有島文学の特徴の一つは〈死〉とともに〈涙〉を描いた点にある」（山田昭夫『有島武郎』）と言われるほどに、有島は感情の豊かな作家だった。この作品が発表されてすぐ、彼は足助素一へ次のような手紙を書いている。

「僕はあの晩あれを書き続けて朝の三時頃に恐しい様な淋しさに襲はれてハンケチがずぶ濡れになる程すゝり泣いた。……それがあの作をあれ丈《だ》けにしてくれたのだと思つてゐる。」（一月十八日）

不景気に押しつぶされてゆく貧民窟の理髪屋。田山花袋が「災厄といふものゝ不思議な道行が自然に暗示されている」と批評したこの作品は、しかし「災厄」をひき起こす何物かに対する作者のいたたまれない思いも強くこめられている。作者は不景気の原因を表面に押し出そうとはしない。その代わり不景気にいちばん苦しむ世界の、罪のない一少女をあえて自殺にまで追い込むことによって、読者とともに涙するのである。

ちなみに瀬川末ゑも後年自殺したらしく、それがこの作品の書かれる有力な動機になったとも言われる。有島の生涯は貧しい人々を思うことに終始したと言ってもあながち過言ではない。『お末の死』は彼のすぐれた描写力を示すとともに、徹底したヒューマニズムをも遺憾なく発揮した作品だと言えよう。

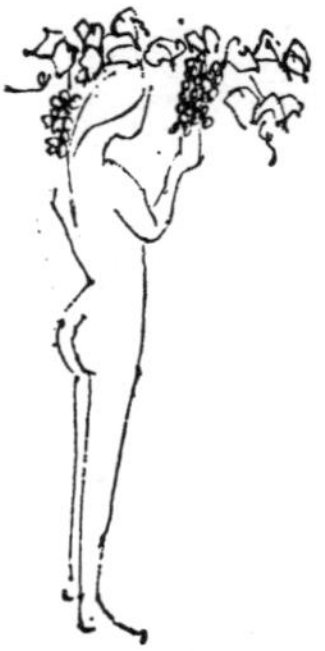

「宣言」

安子入院中の作品

『宣言』は大正四年七月号の『白樺』に載せられたのが始まりで、以後十月・十一月・十二月の四回をもって完成した作品である。平塚に入院中の妻安子の病勢がまだ悪化のきざしをみせなかった時であり、有島も時間にいくらかの余裕を得た時だった。

「久し振りで仕事に対する力が湧いて来た。……私にとっては是れ程うれしい努力は他に求められない。今日は心ゆくばかり筆を取りたいものと祈って居る。病床にある君を、真に慰さめ得るものは、僕の努力、甲斐ある事業だ、と云ふ事を僕はよく知って居る。今までも夫れを知って、努力しないのではなかった。唯《ただ》夫《そ》れが集中して一つの形を取らなかった迄《まで》だ。」（五月十一日）

と安子に書き送った彼はまた、安子の病気の重さを思うとともに過去の煮え切らない生き方を強く反省して、個性の自由を得るための第一歩をまさしく踏み出そうとしていた。

「安楽に始まつた僕の生涯に一転機が来た様にも思ひます。僕は恐ろしい然し屈しない丈けの気力を持つた期待でそれを見つめています。」（六月十三日吹田順助宛）

彼はある時には自己の飛躍のために父の死を想像したり、また妻を犠牲にする場合を考えてもみたのだっ

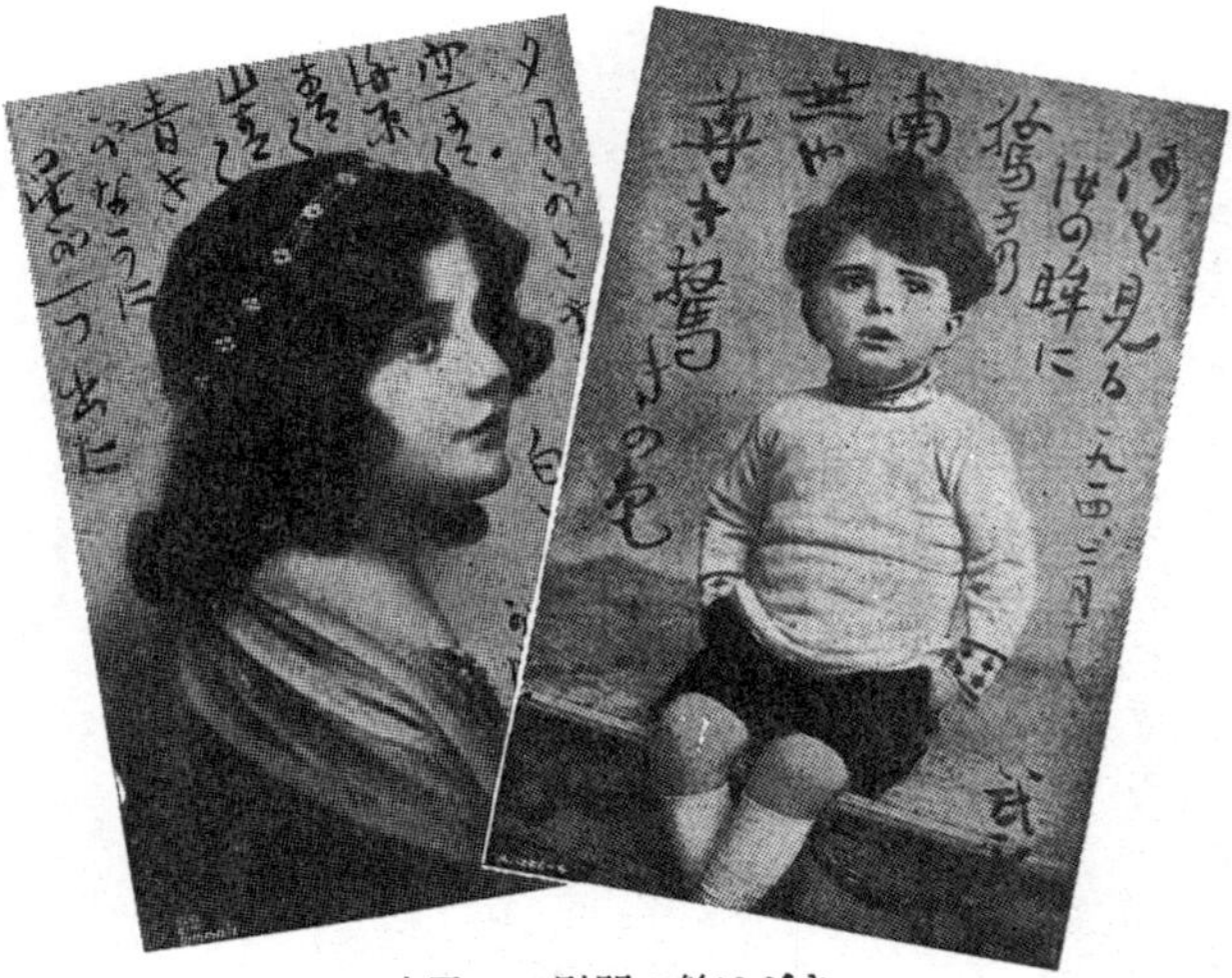

安子への慰問の絵はがき

た。それゆえ妻が病気に倒れたとき、彼は事実を悲しむとともに「一種の厳粛な」気持ちになった。「一転機」を目前にみることによって極度に緊張した毎日がくり返されて行った。その緊張の中から彼は確実に自己の声を叫けびはじめたのである。したがってこの作品は文字通り有島の個性確立の『宣言』であった。

あらすじ

登場人物はAとBとY子との三人。物語はAとBとの手紙の交換によって展開される。Aは熱心なクリスチャン、Bは信仰を捨てた科学者、二人は親友である。ある時、Aは塩原温泉へ出かけ、そこでY子を知り、想いを染めて彼女を東京に尋ね歩く。そのY子をBが牧師をしていたころ教会で知っており、Aに紹介する。こうしてAはY子と交際をはじめ、牧師を介して二人は婚約する。しかしAの家が破産して結婚式も挙げられぬまま、Aは父の残した仙台の家内製粉工場で働くことになる。逆境にもめげず彼は力いっぱいの労働をする。

「B兄……

貧窮といふ新しい生活は決して僕の累《わずら》ひとはならぬ。僕の境遇の激変につれて、見知らぬ世界が沢山眼の前に開けて来た。知識であれ、習慣であれ、衣食であれ、総ての生活の附帯物は、兎角《とかく》心と心との接触を妨げて、ある時はその接触を全く拒んでしまふ事さへある中に、富といふ附帯物ほど人を孤独にするものは外にないといふ事実に得心がいった。」

とAは言う。心と心との触れ合いを失う「富」から見離された彼は、貧しい中に丸裸かの自己を築いてゆく。同じことはBにも言える。Bは信仰を去った科学者でありながら科学を否定するようなことを言う。

「僕は端《はし》くれながら方今の科学者だ。科学は、僕にパンと部分的な好奇心と、時には退屈な時間消費法とを提供する。僕は科学の名によつて、如何なる事が人生に密接した要求であるかを考察する義務から免《まぬか》れ、自己の好奇心だけを挑発する問題に没頭して澄《すま》して居る事が出来る。而してその問題が人生当面の要求からかけ離れゝば離れる程、僕の学者振りは高調される。」

有島は前年に書いた『草の葉』の中で次のような言葉を使っている――「科学は……自然の mouthpiece に、魂を備へず、五官を備へた事によって取り返しの付かない蹉跌《さてつ》をしたのだ」と。科学精神の歪みが人の生活を押し流してしまう、人に「五官」という欲の満足ばかりを与えて魂の満足を与えない、という作者の考え方をBはそのままもっている。Aは富に頼る人間の欲念を拒否し、Bは歪んだ文明を拒否して、二人は人間の真実を求める点で一致する。

さて、Aが仙台で働いている間、行方知れずになっていたBが突然小笠原から東京へ戻る。彼はAと牧師との世話で肺病の身をY子の家に寄せる。そのうちY子は彼女自身という存在の不思議な目ざめを意識するようになり、婚約者Aとの間に理解しあえない何物かを感じはじめる。そしてBと同じ肺病に犯される。理解しようと努力しながら、彼女の心は日増しにAから離れてゆき、Aがそんない子をもどかしく思っているうちに、Y子はやっと彼女の気持ちを確認する。Aには尊敬を……しかし愛しているのはBなのだ、と。Y子はこの真実への目ざめが二人のすぐれた人格によって導かれたことを知っている。彼女は仙台にAをたずねて、手紙に書いたものを渡す。

「私は貴方を卑しんで居りますのでは御座いません。昔も今も、貴方は私にとつて尊い清い強い男の方でいらつしやいます。私は永久に深い尊敬を捧げます。それを許して頂きたいと存じます。けれども私のいつはらざる性格は貴方を尊敬し、B様を恋させます。

私は貴方と結婚の御約束を致して居ります。御約束はお互ひの事で御座いますから、貴方がその約束を果たせと仰有《おつしや》りますれば、仕方が御座いません。私は虚ろな心を抱いて、貴方へ参る外はないと存じます。」

Aの心は痛んだ。しかしAはこのY子の告白を受け入れた。たとい非情に打ちひしがれようとも、その中に真実があるものならそれを守り通さねばならない、未練も嫉妬もない。Aは失恋にもめげず雄々しくBに手紙する。

「僕にはY子の心中がよく理解出来る。尤《もっと》もだと思ふ。而して、よくも危い道を踏み迷はないで、君以上の所まで突き進んで行つたと思ふ。Y子の覚醒がも少し低級であったらば！ Y子の行為に些《いささ》かの欠点だにあり得たならば！ 僕が一層卑しく生れてゐたならば？ そこにはまだY子を僕の胸に引戻すべき道があつたらうに。」

三人の間には世俗の道徳の批判を浴びる関係が生じたのである。Y子は、婚約者Aと彼女との間を保つために招いたはずのBを恋してしまつた。婚約を破棄しなければならなくなつた。世間はこの三人を「無恥、無謀、軽佻《けいちょう》、没義道《もぎどう》」と呼んで笑うかもしれない。だが社会から批判されるこの新しい関係の中に真実が輝やいていた。個人の尊厳という真実、完全無類の人格関係がここに成立したのである。

理想主義

おぞましい所有欲やエゴイズムを捨て去れ、と作者は訴える。理想にまで高められた三人の人格がここに展開されている。Y子には実在のモデルがいたと言われる。しかしその人物の面影より有島が安子に与えた個性の自由、個人尊重の精神ということの方が、強く作品の本質を色取っていよう。安子の病気によってそれは有島の腹の底からの叫びとなった。

かくして出来上ったこの作品は武者小路実篤の『友情』とよく比較される。くらべるならば、『友情』の登場人物は現実生活の苦しさから游離し勝ちであり、『宣言』の人物は生活の苦汁をなめている。Aの家は破産し、Bは貧しい学徒生活に身を置く病人であり、Y子は継母《ままはは》の家に育てられた不遇な女性である。だとすれば『友情』と『宣言』とはそのどちらがより強くテーマをうち出すことができるか。『友情』の作者は作中人物を生活苦から切り離すことによって、人格尊重の精神を平明にしかも理想的に表現した。それがいかにも武者小路らしい。しかし理想が現実を離れた世界には甘さがただよう。むしろ切迫した理想主義というものは、苦々しい生活苦にすり減ってゆく人間の真実を、生活の中から導き出すところにある。その意味では『宣言』の人格追求は、『友情』のそれよりさらに激しいものだと言えよう。理想主義者有島の面目がここに躍如としている。

ところでこの作品は真実の発見というテーマをうち出すためにとても便利な構成法を取っている。AとBとの手紙による形式がそれである。はじめから終りまで手紙のやり取りによって物語りが進められ、最後に「Y子の手記」がつけられて結末をむかえる。この往復書簡の形式では二人の限られた人間関係しか成立させないから、この二人を人格尊重の精神による友情で貫けば、それを軸にした友情表現以外の人間的多様性は描写不要ということになる。AとBとはこの関係で結ばれている。つまり作者はそのように仕組むことによって作者の筆にもっとも抵抗の少ない状態を形成し、もっとも夾雑物の少ないテーマを浮き彫りにしたのである。

しかしこの形式には欠点もある。なぜなら往復書簡にすれば展開される事件がすべて二人を通して間接的にしか読者に訴えられない。読者に強く印象づけるはずの所も、書簡という一種の銀幕に映し出された影絵が語るものとしてしか表現されない。たとえばAが告白するY子への気持ちはBを仲介とし、Y子の心の動きもBを通して紹介される。かくして事件の直接性が銀幕に貼りつけられて平面化する。しかも作者はこの銀幕の舞台を完全無類の人格という教訓臭い一色で色づけした。だから読む者はそれにふさわしいオペラグラスをかけざるを得ない。かつ、この教訓臭い色合いのため、生活苦がはたして好日的なばかりの人間尊重の精神を生み出すか否かという作品の大きな問題点もぼかされ、あくまでもそれへの試みの段階に止どまってしまう。この作品が観念臭の強いものと見なされるのはそのような点に原因しよう。

とはいうもののこの作品が有島の自己確立の『宣言』だったことに変わりはない。この年の九月には戯曲『サムソンとデリラ』を発表しているが、テーマは『宣言』とかわらない。これはさらに翌年一月の『大洪水の前』につながり、『首途』『迷路』へとすすんで、白樺派作家有島の立場が固められてゆく。

迷路

大正五年三月、有島は『白樺』に『首途《かどで》』という日記体の作品を発表した。留学中の精神病院生活を舞台に、神と自己との葛藤を実生活そのままに描きあげた、言わば自伝的な小説である。『宣言』『サムソンとデリラ』『大洪水の前』で一連の個性確立を唱いあげた作者が、過去の内面生活の総整理をもくろんだものであったが、その後書きつがれないままに安子と父との死を迎えてしまった。翌六年十一月に『迷路』（『中央公論』）が発表されて『首途』はその序編に当てられ、さらに七年一月に続編として『暁闇』が発表され、ここに『迷路』という半自伝的長編小説が完成したのである。大正六、七年が有島の作家生活におけるはなばなしい活躍期であったことは言うまでもない。『カインの末裔』『実験室』（六年）『小さき者

半自伝的長編

ワシントン郊外における武郎
（明治39年5月）

へ』『生れ出づる悩み』『石にひしがれた雑草』（七年）等、育てあげられた思想と文学との結晶が矢次ぎ早に発表されており、『迷路』はそれらの母体となる作家の中核を固めるべく意図された作品だったと言えよう。

ところで留学中の精神病院勤務が有島に与えたものは何であったか。社会悪の吹きだまりで生活する異常者の群れ、彼が看護にあたったスコット博士の自殺、キリスト教国で為される罪悪、それらが最大の教訓であり、有島はキリスト教の枠の外で自由に生きる彼自身に思い及んだのだった。

「悪人であれ善人であれ、僕は僕の生活を生きよう。先づ自分に帰らう。而して僕は悔悟した放蕩息子のやうに、幻だつた総ての栄華を後に見て、僕自身といふ見る影もないあばら家を唯一の隠れ家と目指して帰つたのだ。

然しそこにも僕を待つものは乱雑と荒廃ばかりだつた。僕はどうそれを処置していゝのか判らない。」

（『首途』）

「僕」には「意志の絶対自由」がある。それはまた「無限の自己責任」を伴う。それはいい、しかしその「僕」は「聖者になるには余りに人間の欲情を持ち過ぎるし、凡人になるには余りに潔癖過ぎる。僕の生命は原始的な純一さを持たずに、文明の病毒を受けて何時《いつ》でも二元に分解されてゐる。」その「僕」に「世の罪悪や世の虚偽の総てを自己を責めるやうに責める事が始何《どう》して出来よう。」「意志の絶対自由」をもつはずの「僕」はいつのまにか虚偽の世に縛りつけられている。得体の知れない「迷路」が眼の前に果てしなく広がっている。

あらすじ

精神病院勤務を終えてふたたび学生生活に戻ったAは、弁護士Pの家に炊事の仕事を兼ねて住み込む。Pは夫人と別居しており、毎週のように素性の知れない女性を連れてきてはAを困らせる。あるPの留守の日に夫人が訪れ、土曜日に決まって遊びに来るマーグレットという子供の送り迎えをAに頼む。Aはそれを承知し、夫人の家とP家とを往復しているうちに夫人とただならぬ関係を結んでしまう。ここからAの悩みがはじまる。二カ月の後、Aは夫人との関係をPに告白する。別居していてもPは夫である。彼はAにピストルをつきつけて言う。

〈二挺のピストルは二人の間の決闘を可能にしたらう。一つ足りないのは君の為めに僥倖だ。今から君が取るべき手続きは君が承知してゐる筈だ。左様《さよう》なら〉

ホイットマンの詩を紹介してくれたPから離れたAは、その足で同胞の社会主義者Kの下宿に身を置く。それとともに国もとの雑誌に発表した論文が災いして、家からAへの送金を断つと通知してくる。しかし彼は生活の苦しさの中に彼自身の自由な羽ばたきを得る。彼は大学のM教授の研究室で助手として働く。それは彼に「三つのいゝ結果」を与える。「一つは自分の生活全部に主となつた事。二つは自分と周囲とに本当の関係が成立つた事。三つは図書館で働いてゐるM教授の令嬢（フロラ）の姉なるジュリヤといふ画家と研究室で一緒に働く事。」Aはジュリヤを恋しはじめる。彼女への愛を純粋なものに保ちたい彼はP夫人との関係を後悔して、夫人へ絶交状を送る。しかし夫人の返事は愛の頂点に立つAをふたたび苦悩のどん底へ突き落とす。夫人は懐妊したという。自殺したスコット博士の言葉がAの脳裏を鋭くかすめる。

〈お前が基督《キリスト》教徒な以上は意識的に悪いと思ふ事は露程《つゆほど》でもしてはならない。お前は金輪際《こんりんざい》その償《つぐな》ひをする事が出来ないから〉

一夜中悩み抜いたあげく、Aは一つの結論を導き出す。

「P夫人の懐妊は、夫人自身が責任の大部分を負ふべきだ。夫人の宿したものが彼の子であると誰が保証出来よう。夫人は彼を不幸にした。堕落させた。ジュリヤは彼を幸福にし彼の行くべき道を暗示した。彼は彼女を失ふ事が出来ない、どうしても出来ない。P夫人の……犠牲となつて、そのまゝ小さく朽ち果てゝ、ジュリヤを永久に失ふ事は出来ない。彼は利己的かも知れない。然し若い者は利己的である権利を持つてゐる。P夫人は自分で招いた結果に苦しむがいゝのだ。彼はこの蹉《つまず》きから急いで跳り上らなければならない。夫人のしたい放題《ほうだい》にさして置け。彼は夫人に何等の返事をしまい。而してジュリヤにはこの不愉快な自分の過去を秘し通さう」

まる裸になったはずのAの心に芽ばえたエゴイズム、A自身それを知らないではなかった。虚偽にとらわれたAの頬をにがい涙がつたう。しかしAはこの結論を実行した。ジュリヤへの愛が彼を救い、P夫人の胎内に育つ子が彼を暗黒に陥れる。

こんな二重生活を続けたある春の日、Aはジュリヤに愛を告白する。しかし愛しているとばかり思っていたジュリヤは、Aの心をもて遊んでいたのだった。

〈あなたは東洋の方ですよ。よござんすか。お忘れになつたんぢやありますまいね〉

ジュリヤにつき放され、奔流となってあふれる愛のはけ口を失なったＡは、乱れ狂った頭のなかからふたたび勝手な自己正当化を考え出す。

「咄嗟《とっさ》に彼の頭に閃《ひらめ》いたものはフロラだつた。その姿は忽《たちま》ち彼の心の中を一杯に領してしまつた。この急激な変化を彼は少しも怪しまなかつた。彼が本当に愛せねばならなかつたものはフロラであるのを前から知り抜いてゐるもの〻如くに怪しまなかつた。」

愛の衝動はジュリヤから図書館で知ったフロラへ……だがフロラはすでに帰った後だった。泥のように酔ってＰ夫人の門をたたいたＡはまた、夫人が別の男と交際していることを知らされる。うちひしがれたＡの脳裏にこの時一つの確かな事実が映し出され、怒りにふるえる夫人に対して吐き出すように言う。

〈私は父の権利を要求する。あなたの名誉にかけて要求するからそれをはっきり理解しなさい〉

肺病に苦しみながら勉強を続けるＫの下宿へ戻ったＡは、Ｋに事のしだいを話す。だが世間の灰汁《あく》をなめつくしたＫにはＡの悩みがごくありふれたものとしかみえない。彼はＡを「二十世紀のサン・シモンだよ」と呼びつけて笑う。口論のすえＡはＫの下宿を飛び出して、ある農家の下働きの生活をはじめる。

激しい肉体労働で綿のように疲れた毎日がくり返される。しかしＰ夫人の胎内で日増しに大きく育つ子への執着だけは失われない。ある日ＡはふたたびＰ夫人の家をたずね、子を立派に生んでくれるようにと頼む。ところが話しの最中、夫人の交際するＷという男が現われ、Ａは苦い思いを抱いたまま帰ってしまう。彼は手紙で「子は私に返せ」と訴えるが、Ｐ夫人の返事は子を産むはずの女性とは思えないほどにひややかであった。

こうしてふたたび労働を続けた七月の末、AはKからの手紙を受け取る。筆跡はK自身のものでなかった。Kは肺病が昂じてボストンの慈恵病院に寝ており、すでに手紙さえ書けないのだった。見舞にかけつけたAに、Kは驚くべき事実を告げた。

〈……あいつはPと法律上の離婚がすんで、もうWと一緒にフロリダの方に新婚旅行に出かけたよ〉

Aは仰天する胸のうちを強いて抑えつけながら、しかし前後もかまわずせき込むよう尋ねる。

〈ぢや産はもうすましたのか〉

〈産？〉

Kはまた極端に顔を歪《ゆが》めた。

〈馬鹿！　七月の初めに会つてゐながら、彼女《あいつ》の腹の具合が……分らなかつたんか。彼女は孕《はら》んでなんかゐやしなかつたんだ。あれはどうも君を自分に引きつけて置いて醜交を続けるための手だつたんだな屹度《きつと》〉

そしてこうつけ加えた。

〈これから苦しむなら……苦しむなら、少しは苦しみ甲斐のある事で、苦しみ給へ〉

Kは翌日になつて死を迎えた。

〈大学の……教授連が……その家族が……親切ごかしに、交《かは》る〴〵……見舞に来るんだ……後の祭《まつ》りだい。フロラも一度来たよ。僕は……僕は君を……美しく……描いておいたぜ。あれはいゝ女だ。死ぬ前には人間が……人間の心が……不思議に瞭《はつき》り分る……あれはいゝ……フロラはいゝ……フロラが来たよ。……〉

〈時計は……君にやる……直せ……動く……それからな君はフロラにな……人間は……人間は……それから……それ……〉

Kの言葉は最後まで終わらないまま永遠に閉ざされてしまった。しかしKの死んだ所から、Aの『迷路』には一筋の光がさし込んだ。夜明け前の寒さにふるえながら彼はKの棺の前を動こうともしなかった。

〈夜だけでもせめて早く明けるがいゝんだ〉

さう小さく独語《ひとりご》ちて、彼は又窓際に行つて空を仰いだ。秋のやうに天は澄んで寒かつた。黎明《れいめい》前の闇は真夜中の闇よりも更に暗かつた。

〈静かに……静かに……〉

その闇の中で、逸《はや》る心をぢつと押鎮《おしし》ずめようと努めて、Aは又幽《かす》かにかうさゝやいた。

その時まで火のやうに乾いて燃えてゐた彼の眼から、Aを悲しむのか、自分を憐むのか、熱い涙が流れ出ようとした。Aは歯を喰ひしばつてそれを呑み込んでしまつた。喰ひしばつた唇がぶる〳〵と震へた。」

無限の自己責任

「愛情乞食」と呼ばれるまでにはげしく求められる愛の充足、それがAの存在理由なのである。精神病院はAをキリスト教から離れさせた。ここが迷路の出発点だった。弁護士Pとの生活でAはPの不品行を憎んだ。憎みながらP夫人と道ならぬ関係を結んでしまった。Aを責める神はすでに失われたはずなのだ。しかしAを責めるA自身を彼は知っている。「無限の自己責任」――P夫人に愛を感じないという冷厳な事実の前に、彼は従順でなければならない。彼自身が一個の人として存在するためには、虚偽の交際を壊さなければならない――Aは夫人に絶交状を書く。迷路の曲り角をA自身の意志で選んだのである。しかし夫人から懐妊の知らせがきた。その時Aはジュリヤへの愛に溺れていた。二つ目の曲り角である。愛のエゴイズムが彼の心に働いて、Aは自己正当化の理屈を考え出す。この曲り角の選択は彼の心を暗くした。正当なはずの理屈に不純物が混っていたのである。彼は「弱い奴だ」と自責の涙に濡れるだけの自己凝視を忘れない。そしてこの結果はみじめだった。ジュリヤはAの心をもて遊んだにすぎなかった。Aはフロラを想う。なぜフロラへの道を選ばなかったのか、と。だがすでに賽《さい》は投げられた。恃《たの》みの綱とも思う赤児の誕生をAは期待する。生まれ出る子に彼は父としての愛と責任との完成を夢みる。しかしこの夢もKの死とともにみごとに破れてしまう。ここではじめて彼は迷路の一つの抜け道を見出だす。彼は父としての愛すらあと形もなく消え去った自分の心を知った。それは愛でなく、虚偽の交際が生んだ恥ずべき結果への責任感でしかなかったから。そしてそこまで辿り着いた代償として、Aは迷路の出口にKの死体を見なければならなかった。Kはいつの場合でもAを外界との摩擦から保護する安全弁だった。摩擦を滑らかにする潤滑油でもあった。すべてを失い、生まれたばかりの赤児同様にふたたび人生の出発点に舞い戻ったAは、迷った時間だけ自己に卒直になった。だがKを失ったAの眼の前には導く者のない孤独な迷路が果てしなく広がっている。

このようにみてくるとAの愛は「無限の自己責任」という強い人格主義の倫理で貫かれている。責任はまた罪の意識と言っても良い。Aは「意志の絶対自由」を「無限の自己責任」で裏打ちすることによって、有り得べき人間関係を求め、迷い続けるのである。

発表された当時の『迷路』は観念臭の強い故に高い評価を与えられなかった。これは今もってそうなのだが、しかし有島の思想遍歴を探るために重要な作品であることに変わりはない。

カインの末裔

文壇へ

大正六年七月号の『新小説』に発表された『カインの末裔』は、有島を新進作家として文壇に送りこむ確かな結果を生んだ。白樺派グループでも武者小路実篤・志賀直哉・長与善郎・有島生馬・里見弴といった人々が早くから文壇の注目を集めていたのにくらべ、有島武郎の名は未知数の価値を一部に認められていたにすぎなかった。前年までに発表された一連の作品がヒューマニズムを基調としていただけに、より強く個性を謳歌した彼等に隠されて、有島を影の薄い存在にしたのであろう。しかし『カインの末裔』はいささか毛色が変わっていた。いったい有島の作品は、『宣言』『サムソンとデリラ』『大洪水の前』『迷路』からさらに『小さき者へ』『生れ出づる悩み』へと進む自己確立の主題を謳《うた》った系列と、『或る女のグリムプス』『An incident』にあらわされる悽まじい情念の世界を描いた系列とに分類することが出来る。もちろんこの二系列は一個の作者にとって別物でない。後にそれは『惜みなく愛は奪ふ』で理論的に統合されてゆくのだが、『カインの末裔』は後者の主題を最も力強く代表する作品であり、それだけに白樺派中異色の存在を示すレッテルにもなったのである。そしてこれは『或る女』に受けつがれる。

さて、カインは土を耕す者。アダムとエバとの間に生まれた。旧約聖書の創生記にカインのアベル殺しの話しがある。アベルは羊を飼う者。カインの弟である。二人はエホバに供え物をする。エホバはアベルの供物を顧みるがカインの方を顧みようとしない。カインはアベルを野に殺す。エホバは言う、「汝《なんじ》何をなしたるや、汝の弟の血の声地より我に叫けべり。されば汝は詛《のろ》われてこの地を離るべし。この地その口を啓《ひら》きて汝の弟の血を汝の手より受けたればなり、汝地を耕すとも、地はふたたびその力を汝に効《いた》さじ。汝は地に吟《さま》行《よ》う流離人《さすらいびと》となるべし」と。カインは答える、「我が罪は大いにして負うことあたわず。視《み》よ、汝今日《きょう》この地の面より我を逐《お》い出したまう。我《われ》汝の面《かお》を観ることなきに至らん。我《われ》地に吟行《さまよ》う流離人《さすらいびと》とならん。およそ我に遇《あ》う者我を殺さん」と。エホバは言う、「然《しか》らず、およそカインを殺す者七倍の罰を受けん」と。追放されたカインはエデンの東方、ノドの地に住む。永遠に詛《のろ》われた流離人《さすらいびと》のはじめである。カインから数えて六代目には、「カインのために七倍の罰あれば、レメクのためには七十七倍の罰あらん」と言ったレメクがいる。『カインの末裔』とは神の詛いを受けた流離人の子孫という意味である。ちなみに、殺されたアベルの後にセツが生まれる。セツから数えて六代目の子孫にノアの方舟《はこぶね》の話しで知られるノアがいる。神の祝福を受ける者のはじめである。(『大洪水の前』はこの話しを材料にした戯曲である。)

あらすじ

「長い影を地にひいて、痩馬《やせうま》の手綱《たずな》を取りながら、彼は黙《だま》りこくって歩いた。大きな汚い風呂敷《ふろしき》包みと一緒に、章魚《たこ》のように頭ばかり大きい赤坊《あかんぼう》をおぶった彼の妻は、少し跛脚《ちんば》をひきながら三、四間も離れてその後からとぼとぼとついて行った。

倶知安から蝦夷富士をのぞむ

北海道の冬は空まで逼《せま》つてゐた。蝦夷《えぞ》富士と云はれるマツカリヌプリの麓《ふもと》に続く胆振《いぶり》の大草原を、日本海から内浦湾に吹きぬける西風が、打寄せる紆濤《うねり》のやうに後から後から吹き払つて行つた。寒い風だ。見上げると八合目まで雪になつたマツカリヌプリは少し頭を前にこゞめて風に刃向《はむか》ひながら黙つたまゝ突つ立つて居た。昆布《こんぶ》嶽の斜面に小さく集まった雲の塊《かたまり》を眼がけて日は沈みかゝつてゐた。草原の上には一本の樹木も生えてゐなかつた。心細い程真直《まつすぐ》な一筋道を、彼と彼の妻だけが、よろ〳〵と歩く二本の立木のやうに動いて行つた。……

草原の中の道がだん〳〵太くなつて国道に続く所まで来た頃には日は暮れてしまつてゐた。物の輪廓《りんかく》が円味《まるみ》を帯《お》びずに、堅いまゝで黒ずんで行くこちんとした寒い晩秋の夜が来た。

着物は薄かつた。而して二人は餓《う》ゑ切つてゐた。妻は気にして時々赤坊をみた。生きてゐるのか死んでゐるのか、兎《と》に角赤坊はいびきも立てないで首を右の肩にがくりと垂れたまゝ黙つてゐた。」

こうしてどこからともなく現われた二人は松川農場にたどり着き、そこの小作人となって、あてがわれた掘立《ほつたて》小屋に住みついた。

翌日から二人と自然との闘いがはじまった。仁右衛門は畑を掘り起こし、妻は冬を前にして朽ち木を拾い集めた。そしていつからともなく雪が降りはじめた頃、仁右衛門は岩内の漁場へ出稼ぎに行き、また山の雪が解けてしまう頃には十分の畜《たくわ》えを持って帰って来る。

マツカリヌプリに春霞がかかり、仁右衛門の畑には一頭のたくましい馬が入って、黒土はぐんぐん耕やされてゆく。まさしく「自然から今掘り出されたばかりのやうな」、六尺を越える大男仁右衛門を、人々は「まだか」とあだ名した。「もう顔がありさうなものだと見上げても、まだ顔はその上の方にあると云ふので」こう呼んだのである。彼は二言目にはけんか面をした。怖いもの知らずの仁右衛門はまた佐藤という小作人の妻にまで手を出した。そしてこの年は長雨が続いた。作物の出来が悪かった。くさり切った仁右衛門は学校帰りの佐藤の子供たちを、腹いせにいなぐり倒した。梅雨時に降り続けた雨は夏に入ると渇れたもののように一滴も降らなくなって、害虫がすさまじい勢いで発生した。小作人達が生活の前途をあやぶまれている中で、土地の五分の一以上作ってはならないという契約を破って、仁右衛門は多くの亜麻《あま》を植えた。

ある日倶知安《くっちゃん》の製線所へ亜麻を売りつけに出た仁右衛門は、懐中に大金をしまい込んで、畑にたくさん残っている亜麻を思い浮かべながらその町の居酒屋にはいっていった。

「仁右衛門の酒は必ずしも彼をきまつた型には酔はせなかつた。或る時は彼を怒りつぽく、或る時は悒《ゆう》鬱《うつ》に、或る時は乱暴に、或る時は機嫌よくした。その日の酒は勿論《もちろん》彼を上機嫌にした。一緒に飲んでゐるものが利害関係のないのも彼には心置きがなかつた。彼は酔ふまゝに大きな声で戯談《ざれ》口をきいた。さう云ふ時の彼は大きな愚かな子供だつた。居合せたものは釣り込まれて彼の周囲に集つた。女まで引つ張られるまゝに彼の膝に倚りかゝつて、彼の頰ずりを無邪気に受けた。

〈汝《われ》の頰に俺《お》らが髭《ひげ》こ生《お》えたらをかしかんべなし〉

彼はそんな事を云つた。重いその口からこれだけの戯談が出ると女なぞは腹をかゝへて笑つた。陽《ひ》がかげる頃に彼は居酒屋を出て反物屋《たんもの》によつて派手なモスリンの端切《はぎ》れを買つた。又ビールの小瓶を三本と油糟とを馬車に積んだ。倶知安から村に通ふ国道はマツカリヌプリの山裾《やますそ》の椴松《とどまつ》帯の間を縫つてゐた。彼は馬力の上に安坐《あぐら》をかいて瓶から口うつしにビールを呻《あふ》りながら濁歌《だみうた》をこゝだまにひゞかせて行つた。幾抱《いくかか》へもある椴松は羊歯《しだ》の中から真直に天を突いて、僅《わずか》に覗《のぞ》かれる空には昼月が少し光つて見え隠れに眺められた。彼は遂に馬力の上に酔ひ倒れた。物慣れた馬は凸凹の山道を上手《じょうず》に拾ひながら歩いて行つた。馬車はかしいだり跳ねたりした。その中で彼は快い夢に這入《はい》つたり、面白い現《うつつ》に出たりした。

仁右衛門はふと熟睡から破られて眼をさました。その眼にはすぐ川森爺さんの真面目《まじめ》くさつた一徹な顔が写つた。仁右衛門の軽い気分にはその顔が如何《いか》にもをかしかつたので、彼は起き上《あが》りながら声を立てゝ笑はうとした。そして自分が馬力の上にゐて自分の小屋の前に来てゐる事に気がついた。小屋の前には帳場も佐藤も組長の某も居た。それはこの小屋では見慣れない光景だつた。川森は仁右衛門が眼を覚ましたのを見ると、

〈早う内さ行ぐべし。汝《われ》が嬰子《にが》はおつ死《ち》ぬべえぞ。赤痢さ取ツつかれただ〉

と云つた。他愛のない夢から一足飛びにこの恐ろしい現実に呼びさまされた彼の心は、最初に彼の顔を

高笑ひにくづさうとしたが、すぐ次ぎの瞬間に、彼の顔の筋肉を一時《いちどき》にひきしめてしまった。彼は顔中の血が一時に頭の中に飛び退いたやうに思つた。仁右衛門は酔ひが一時に醒めてしまって馬力から飛び下《お》りた。小屋の中にはまだ二三人がゐた。妻はと見ると、虫の息に弱った赤坊の側に蹲《うづくま》っておい〱泣いてゐた。」

赤ん坊は日の暮れるとともに息を引きとった。子を失った仁右衛門はますます狂暴性をつのらせた。生活は苦しくなる。彼は燕麦を二重にだまし売りをした。そんな中で、凶作にあえぐ小作人の最後の持ち物までもぎ取るかのように、農場に馬市が立った。

仁右衛門の馬はとりわけ人目をひいた。翌日には競馬が催され、松川農場主も函館から見物に来た。裸馬乗りの上手な仁右衛門はもちろん競馬に加わった。そして、あとひと息で一着という寸前、場主の子がよたよたとコースに入りこみ、それをとめようとして飛び込んだ笠井（小作人頭）の娘をさけた前方の馬とからみ合った仁右衛門の馬は、彼を空中に放り投げたまま前のめりに倒れた。馬市一番の名馬はあわれにも両前脚を骨折して使い物にならなくなった。その日の夜、笠井の娘が行方不明になり、夜明けの大捜索で林の中に気を失ったまま発見された。「まだか」の名は村中をふるえ上がらせた。人々は彼を追い出すために額を寄せ合った。

ふたたび冬をむかえた。しかし仁右衛門は動こうとしない。それどころか、函館の場主と掛け合って不作の年の小作料軽減を実現させ、ふたたび小作人達の評判を得ようと考える。仁右衛門は函館に出た。けれども彼はとても人間の集まる所で生きて行ける人間ではなかった。場主の屋敷がとてつもなく立派なのに驚いてしまった彼は、面会した場主に威圧されて言葉さえ出ないのである。

「〈小作料の一文も納めないで、どの面《つら》下げて来臭《きくさ》つた。来年からは魂を入れかへろ。而して辞儀《じぎ》の一つもする事を覚えてから出直すなら出直して来い。馬鹿〉

而して部屋をゆするやうな高笑ひが聞こえた。仁右衛門が自分でも分らない事を寝《ね》言のやうにいふのを、始めの間は聞き直したり、補《おぎな》つたりしてゐたが、やがて場主は勘忍袋を切らしたといふ風にかう怒鳴《どな》つたのだ。仁右衛門は高笑ひの一とくぎり毎に、たゝかれるやうに頭をすくめてゐたが、辞儀もせずに夢中で立ち上つた。彼の顔は部屋の暑さの為めと、のぼせ上つた為めに湯気を出さんばかりに赤くなつてゐた。

仁右衛門はすつかり打《う》ち摧《くだ》かれて自分の小さな小屋に帰つた。彼には農場の空の上までも地主の頑丈さうな大きな手が拡がつてゐるやうに思へた。……」

翌日、

「仁右衛門は朝から酒を欲したけれども一滴もありやうはなかつた。寝起きから妙に思ひ入つてゐるやうだつた彼は、何かのきつかけに勢よく立上つて、斧を取上げた。而して馬の前に立つた。馬はなつかしげに鼻先きをつき出した。仁右衛門は無表情な顔をして口をもご〳〵させながら馬の眼と眼の間をおとなしく撫でゝゐたが、いきなり体を浮かすやうに後ろにそらして斧を振上げたと思ふと、力まかせにその眉《み》間《けん》に打ちこんだ。うとましい音が彼の腹に応《こた》へて、馬は声も立てずに前膝をついて横倒しにどうと倒れた。痙攣《けいれん》的に後脚で蹴るやうなまねをして、潤《うる》みを持つた眼は可憐にも何かを見詰めてゐた。」

農場を去つてふたたび長い放浪の生活をたどる決心をしたのだ。馬の皮を剝《は》いで小屋の中のものをまとめると、仁右衛門と妻との大小二つの荷物ができた。

「小屋の戸を開けると顔向けも出来ない程雪が吹き込んだ。荷を背負つて重くなつた二人の体《からだ》はまだ堅くならない白い泥の中に腰のあたりまで埋まつた。……

天も地も一つになつた。颯《さつ》と風が吹きおろしたと思ふと、積雪は自分の方から舞ひ上るやうに舞ひ上つた。それが横なぐりに靡いて矢よりも早く空を飛んだ。佐藤の小屋やそのまはりの木立は見えたり隠れたりした。風に向つた二人の半身は忽《たちま》ち白く染まつて、細かい針で絶間《たえま》なく刺すやうな刺戟《しげき》は二人の顔を真赤にして感覚を失はしめた。二人は睫毛《まつげ》に氷《こお》りつく雪を打振い〳〵雪の中をこいだ。

国道に出ると雪道がついてゐた。踏み堅められない深みに落ちないやうに仁右衛門は先きに立つて瀬踏みをしながら歩いた。大きな荷を背負つた二人の姿はまろび勝《が》ちに少しづゝ動いて行つた。共同墓地の下を通る時、妻は手を合せてそつちを拝《をが》みながら歩いた――わざとらしい程高い声を挙げて泣きながら。二人がこの村に這入《はい》つた時は一頭の馬も持つてゐた。一人の赤坊もゐた。二人はそれらのものすら自然から奪ひ去られてしまつたのだ。

その辺から人家は絶えた。吹きつける雪の為めにへし折られる枯枝がやゝともすると投槍のやうに襲つて来た。吹きまく風にもまれて木と云ふ木は魔女の髪のやうに乱れ狂つた。

　二人の男女は重荷《おもに》の下に苦しみながら少しづゝ倶知安《くつちやん》の方に動いて行つた。椴松帯《とどまつたい》が向うに見えた。凡《すべ》ての樹が裸《はだか》になつた中に、この樹だけは幽鬱な暗緑の葉色をあらためなかつた。真直な幹が見渡す限り天を衝《つ》いて、怒濤《どとう》のやうな風の音を籠《こ》めてゐた。二人の男女は蟻のやうに小さくその林に近づいて、やがてその中に呑み込まれてしまつた。」

自然と人間

「自然といふ大きな力は、私達はそれを如何《いか》に征服し、如何に共和し行くべきかをはつきりと知る事が出来ないで、常にその内に摸索の生活を続けてゐる。それは痛ましい人生の葛藤の一つだ。茲《ここ》に一人の自然から今掘り出されたばかりのやうな男がある。而も掘り出された以上は、それが一人の人間であつて、その母胎なる自然と嚙み合はなければならない運命を荷ふと同時に、人間生活に縁遠い彼は、又人間社会とも嚙み合はなければならない。彼は人間と融和して行く術に疎《うと》く、自然を征服して行く業《わざ》に暗い。それにも拘《かかわ》らず彼は、そのディレンマのうちに在つて生きねばならぬ激しい衝動に駆り立てられる。それは人からは度外視され、自然からは継子扱ひにされる苦しい生活を描き出すであらう。カインの末裔なる仁右衛門はその人である。」（「自己を描出したに外ならないカインの末裔」大正七年）

　仁右衛門は人間を嫌う。「人の気配をかぎつけると彼は何んとか身づくろひをしないではゐられなかつた。自然さがその瞬間に失はれた。それを意識する事が彼をいやが上にも仏頂面《ぶつちようづら》にした」とあるように、彼は周囲の人に対して、追いつめられた野獣のように身構える。人間社会で生活する術は知らない。何かあれば牙をむく。そして自然をさまよう野獣にも似た本能で生きてゆく。だがその彼とても獣ではない。人間なのだ。無知は無知なりに、妻に美しい着物の一つも買ってやりたい夢がある、欲がある。そこに仁右衛門の悲しみがある。彼が悲しむのではない。読む者が人間のはじめのような彼に、空懐《そらなつ》かしい郷愁をそそられる、その遙かな悲しみなのである。仁右衛門は今の世に生き得る人ではない。にもかかわらず読む者にふる里の思いを抱かせるとすれば、その思いはわれわれの心のどこから生まれるものであろうか。彼は自然から生まれたばかりなのだ。生きる本能の生む戦いがどのように苦しくとも、彼の心はめちゃくちゃに自由なのである。この点に近代人の悩みにとらわれた有島の、この作品にかける意味がある。仁右衛門は有島の分身である。かくも激烈な忘我の世界に作者は溺れ切ってしまいたかった。人格主義とか人道主義とか呼ばれる個人尊重の近代的倫理観念から一足飛びに、灼熱した赤裸な人間のはじめに飛躍したかったのである。

有島武郎と子どもたち（大正9年ごろ）

小さき者へ

父の手記　大正七年は前年に続いて著作活動の最も盛んな年である。『小さき者へ』は一月号『新潮』に発表された。これはいわゆる創作ではない。子供たちへあてた有島の手記とも言える小品である。この年、母を失った三人の遺児たちはそれぞれ六歳・五歳・四歳を迎えつつあった。結婚当時の悩み、子供の誕生、妻安子の病気と死、それから彼自身の確立……過去を回想しながら、育ってゆく子供たちを力強く励まし、病気になってのちついに一度も会えないまま永遠に失われた母親を、有島は尊く語って聞かせる。

あらすじ　「お前たちが大きくなつて、一人前の人間に育ち上つた時、その時までお前たちのパ、は生きてゐるかゐないか、それは分らない事だが——父の書き残したものを繰拡《くりひろ》げて見る機会があるだらうと思ふ。その時々の小さな書き物もお前たちの眼の前に現はれ出るだらう。時はどん〳〵移つて行く。お前たちの父なる私がその時お前たちにどう映《うつ》るか、それは想像も出来ない事だ。恐らく私が今こゝで、過ぎ去らうとする時代を嗤《わら》ひ憐れんでゐるやうに、お前たちも私の古臭い心持を嗤《わら》ひ憐れむのかも知れない。私はお前たちの為めにさうあらん事を祈つてゐる。お前たちは遠慮なく私を踏台にして、高い遠い所に私を乗り越えて進まなければ間違つてゐるのだ。然しながらお前たちをどんなに深く愛したものがこの世にゐるか、或はゐたかといふ事実は、永久にお前たちに必要なものだと私は思ふのだ。……

お前たちは去年一人の、たつた一人のマヽを永久に失つてしまつた。お前たちは生れると間もなく、生命に一番大事な養分を奪はれてしまつたのだ。お前達の人生はそこで既《すで》に暗い。この間《あいだ》ある雑誌社が「私の母」といふ小さな感想をかけといつて来た時、私は何んの気もなく、「自分の幸福は母が始めから一人で今も生きてゐる事だ」と書いてのけた。而して私の万年筆がそれを書き終へるか終へないに、私はすぐお前たちの事を思つた。私の心は悪事でも働いたやうに痛かつた。しかも事実は事実だ。私はその点で幸福だつた。お前たちは不幸だ。恢復《かいふく》の途《みち》なく不幸だ。不幸なものたちよ。」

子供たちの母の想い出が、「私」の胸にうかぶ。

「私は自分の心の乱れからお前たちの母上を屢《しば》々泣かせたり淋しがらせたりした。またお前たちを没義《もぎ》道《どう》に取りあつかつた。お前達が少し執念《しふね》く泣いたりいがんだりする声を聞くと、私は何か残虐な事をしないではゐられなかつた。原稿紙にでも向つてゐた時に、お前たちの母上が、小さな家事上の相談を持つて来たり、お前たちが泣き騒いだりしたりすると、私は思はず机をたたいて立上つたりした。而して後ではたまらない淋しさに襲はれるのを知りぬいてゐながら、激しい言葉を遣《つか》つたり、厳しい折檻《せつかん》をお前たちに加へたりした。

　然し運命が私の我儘《わがまま》と無理解とを罰する時が来た。どうしてもお前達を子守《こもり》に任《まか》せておけないで、毎晩お前たち三人を自分の枕許や、左右に臥《ふせ》らして、夜通し一人を寝かしつけたり、一人の牛乳を温めてあてがつたり、一人に小用をたさせたりして、碌《ろく》々熟睡する暇もなく愛の限りを尽《つく》したお前たちの母上が、四十一度といふ恐ろしい熱を出してどつと床についた時の驚きもさる事ではあるが、診察に来てくれた二人の医師が口を揃《そろ》へて、結核の徴候があるといつた時には、私は唯《ただ》訳もなく青くなつてしまつた。」

安子の発病は大正三年九月下旬である。十月末から一カ月を札幌の病院ですごしたが、病状ははかばかしくなかった。安子に病名を知らせてはいけない。子供をつれて病院を見舞う武郎は、子供を母親に近づけない口実を考え出すのに苦心した。十一月の末、一家はついに札幌を去って東京へ帰る。

鎌倉の貸別荘に移って回復するかにみえた安子の病気は風邪のためさらに悪化し、ついに医者から病気の真相を知らされて、平塚の杏雲堂病院に入院する。

「愈々《いよいよ》H海岸の病院に入院する日が来た。お前たちの母上は全快しない限りは死ぬともお前たちに逢はない覚悟の臍《ほぞ》を堅めてゐた。二度とは着ないと思はれる——而して実際着なかつた——晴着《はれぎ》を着て座を立つた母上は内外の母親の眼の前でさめ〴〵と泣き崩れた。女ながらに気性の勝《すぐ》れて強いお前たちの母上は、私と二人だけゐる場合でも泣顔などは見せた事がないといつてもいゝ位だつたのに、その時の涙は拭《ふ》くあとからあとから流れ落ちた。その熱い涙はお前たちだけの尊い所有物だ。それは今は乾《かわ》いてしまつた。大空を亘《わた》る雲の一片となつてゐるか、谷河の水の一滴となつてゐるか、太洋の泡の一つとなつてゐるか、又は思ひがけない人の涙堂に貯へられてゐるか、それは知らない。然しその熱い涙は兎も角もお前たちだけの尊い所有物なのだ。」

一年十カ月という長い闘病生活のすえ安子は力つきた。

「私はこの間にどんな道を通つて来たらう。お前たちの母上の死によつて、私は自分の生きて行くべき大道にさまよひ出た。私は自分を愛護してその道を踏み迷はずに通つて行けばいゝのを知るやうになつた。私は嘗《かつ》て一つの創作の中に妻を犠牲にする決心をした一人の男の事を書いた（註『実験室』か）。事実に於てお前たちの母上は私の為めに犠牲になつてくれた。私のやうに持ち合はした力の使ひやうを知らなかつた人間はない。私の周囲のものは私を一個の小心な、魯鈍《ろどん》な、仕事の出来ない、憐むべき男と見る外を知らなかつた。私の小心と魯鈍と無能力とを徹底さして見ようとしてくれるものはなかつた。それをお前たちの母上は成就《じょうじゅ》してくれた。私は自分の弱さに力を感じ始めた。私は仕事の出来ない所に仕事を見出した。大胆になれない所に大胆を見出した。鋭敏でない所に鋭敏を見出した。……

雨などが降りくらして悒鬱な気分が家の中に漲《みなぎ》る日などに、どうかするとお前たちの一人が黙つて私の書斎に這入《はい》つて来る。而して一言パ、といつたぎりで、私の膝によりかゝつたまゝしく〳〵と泣き出してしまふ。あゝ何がお前たちの頑是《がんぜ》ない眼に涙を要求するのだ。不幸なものたちよ。……

深夜の沈黙は私を厳粛にする。私の前には机を隔《へだ》てゝお前たちの母上が坐つてゐるやうにさへ思ふ。その母上の愛は遺書にあるやうにお前たちを護《まも》らずにはゐないだらう。よく眠れ。不可思議な時といふものの作用にお前たちを打任《まか》してよく眠れ。さうして明日は昨日よりも大きく賢くなつて寝床の中から跳《をど》り出して来い。私は私の役目をなし遂げる事に全力を尽《つく》すだらう。私の一生が如何《いか》に失敗であらうとも、又私が如何なる誘惑に打負けようとも、お前たちは私の足跡に不純な何物をも見出し得ないだけの事はする。屹度《きつと》する。お前たちは私の斃《たふ》れた所から新しく歩み出さねばならないのだ。然しどちらの方向にどう歩まねばならぬかは、かすかながらにもお前達は私の足跡から探し出す事が出来るだらう。

小さき者よ。不幸な而して同時に幸福なお前たちの父と母との祝福を胸にしめて人の世の旅に登れ。前途は遠い。而して暗い。然し恐れてはならぬ。恐れない者の前に道は開ける。

行け。勇んで。小さき者よ。」

人格愛

いくらかセンチメンタルな筆のはこびが一部の読者に批判されないではなかった。しかし作者の心は感傷に溺れ切ってはしまわない。「お前たちは遠慮なく私を踏台《ふみだい》にして、高い遠い所に私を乗り越えて進まなければ間違ってゐるのだ」と彼は語る。父が子の「踏台」になる、この点にこの手記の深い意味がある。父は子供の人格を尊重する義務をひしひしと感じている。そのために取るべき父の行為がここから厳しくそして絶え間なくつき詰められてゆく。無限の責任感が生む父の行為、それが何であったかはここに語られていない。飽くことなく追求した社会主義への道か、それとも無政府共産主義への道か。そのいずれにしろ、自己の存在を他人の中に見出だして人格相互の存在を完成する精神を、父と子の関係にまで及ぼして、「小さき者」たちの将来を広々とした可能性に導くのである。この精神は父のみに止どまらない。子供たちの母もまた父とともに歩んだ人であった。妻安子の遺書を想い起こしてほしい。子供たちを葬式に参加させてくれるな、暗いかげりを子供の心に植えつけたくない、葬式の日にはどこかへ遊びにでもやってほしいと書き遺《のこ》した彼女だった。軍人の娘として育ったことが彼女を自制力の強い人柄に仕上げたのであろう。その力が有島というすぐれた人格者と触れ合うことによって、しかるべき道を与えられたのである。安子の尊ぶべき愛がそこにあった。伊藤整は言う、

「この作品が読者の心の隙間《すきま》々々にぴたつとふれるのは、母、父、子といふ立場の認識がまことに理詰めに厳しくされてゐるからである。自分は母といふ養分を持つて幸福に育つたが、お前等には母といふ養分はないからそれだけでお前等の運命は暗い、と言ひ切る父がある。また死といふ陰惨なものを幼い児に見せてはならないといふ信念で一年半の余も死ぬまで自分の子に逢はうとしない母親がゐる。また子供等に成長するためには父たる自分を棄てて進めと言ひ、階級の溝を埋める方に進めと言ふ父がゐる。…(中略)…人間としての思ひやりが、肉親の情を踏みにじるほどになつてゐる。この作品では作者は、我が子

に物を言ってゐるために、出来る限り冷徹に論理的であらうとしてゐる。何とも悲しい感銘がそこから、その冷徹さから湧いてみなぎるのだ。だがそれほどの規矩を、個人尊厳の強い枠を認めてゐた人なのだ。」『小さき者へ』を言いつくした評価であろう。

ところで有島はこの小品をこのまま残しておくつもりではなかったらしい。

「僕は昨日朝からかゝつて夜の二時迄に新潮の原稿『小さき者へ』を書き上げて送つておいた。まだ書き足りないが筋書と思つてゐればいゝ――読者の迷惑僕の方で我慢して置く――本にする時にあれ丈けのものがあればしつかりしたものに仕上げて見せる。」（前年十二月九日足助素一宛）

こんな手紙を書いたことから察するに、彼はこの小品を題材にして家庭における親と子との関係をいま少しつきつめた形で描き上げ、『迷路』以後半自伝的創作をさらに一つ完成する意図を暖めていたようである。事実彼は家庭生活と内面生活の問題――夫と妻・父と子・母と子・父と母といった一人多役の複雑な人間関係が生む問題――を、実生活で悩みながらも、立体的に構成した作品をもたなかった。わずかに『An. incident』と戯曲『死と其の前後』とがその断面をのぞかせている。『小さき者へ』はそれらを立体的に描き出す可能性を秘めていたらしい。それが偶然別な形で、回想という感傷を伴う世界からなにごともなくさらりと書き流されたゆえ、貫かれた人格愛の香りのみひたすら凝縮されて香ったもののようである。この可能性はすぐこの後の『生れ出づる悩み』のモティーフとなる。

生れ出づる悩み

よき魂のうた

「私は『生れ出づる悩み』に於て、凡《すべ》て誕生を待つよき魂に対する謙遜な讃歌を唱えようとした。自然は大きな産褥《さんじょく》だ。私はその産褥の一隅につゝましく坐つて、華やかな誕生を祝する歌手でありたい。」（広告文）

『小さき者へ』とともに教科書などで親しまれる『生れ出づる悩み』は、それ自体誕生するまでにかなりの時日を要した。有島の生涯を通じてただ一つの新聞連載小説だったこの作品は、大正七年三月十六日から大阪毎日新聞に載せられたが、作者が疲労からの発熱で寝こんでしまい、四月三十日をもって中断の止むなきに至った。六月に入って親友の足助素一が有島著作集の出版を希望し、第五集までを刊行した新潮社との話し合いの結果、社主佐藤義亮の好意で申し出がかなえられ、この時から著作集発行所が足助の叢文閣に移つた。毎年夏を軽井沢に過ごす有島は、七月下旬からその地でふたたび『生れ出づる悩み』を書きはじめ、すでに発表した物に八章と九章とを添えて八月三日頃すべてを完成した。これと並行して四月に発表した『石にひしがれた雑草』を整理し、二作をもって第六集『生れ出づる悩み』として、ようやく九月に発行をみた。ところで『生れ出づる悩み』は、実在した一青年画家の若々しい「悩み」に痛く印象づけられた有島が、

札幌の雪（武郎画）

その事実にもとづいて「よき魂」の誕生をうるわしくうたいあげた作品なのである。青年の名は木田金次郎、日本海に面した北海道岩内の漁場で漁師の子として明治二十六年に生まれた。幼い頃から絵に興味を抱き、明治四十一年には上京して中学に入ったが、家の事情から中退して札幌の友人の家にしばらく居た。このころ有島は農科大学教授を勤めながら土地の美術愛好家と黒百合会というグループをつくり、四十三年十一月には第三回の絵画展を開催した。木田はこの展覧会場に出かけ、有島の出品した『たそがれの海』に感動したのである。彼は描き古したスケッチ帳をかかえて有島の家をたずね、描いた物に対する意見を求めた。「今度はもっといゝものを描いて来ます」と言って去った木田であったが、その後八年近く消息を絶ってしまった。こうして有島の記憶も薄れかけた大正六年十月、新進作家の名を馳《は》せた彼の手もとに油臭い二冊のスケッチ帳と一封の手紙とが届いた。スケッチ帳は有島をして「やっつけたな！」と言わしめるほどの成長ぶりをみせ、手紙には東京へ出て絵の勉強をしたいと書いてあった。木田はこの長い年月のあいだ父や兄とともに北の海で漁夫の生活を続けながら、暇を盗んでは山へ出かけて大自然を描いていたのである。そしてこの青年は、漁夫の生活と芸術に飛び込みたい衝動との二重苦に悩んでいた。漁にかけては岩内一の体力を誇りながら、周囲から絵の好きな変り物として扱われる。そんな生殺しの生活に耐えつつも時には自殺さえ思い立つこの若者の清らかな悩みに、有島の心は深く共鳴したのだった。

作品ではその所まであつかわれている。有島は自然の中に置いてこそ生長する木田の個性を見抜いてか、東京へ出ることを思い止どまらせた。北海道で勉強することを勧めて学資の援助を申し出る。がこれは木田がことわったので、代わりに木田金次郎個展を大正八年二月九日・十日の両日、東京麹町の弟隆三宅で開いた。この時二人は再会し、以後有島は農場解放の時岩内の木田宅を訪れたこともあって、交際が深まっていった。木田は大正末から絵に専念し、生涯青年の情熱を失わない絵を描き続けて、北海道文化賞・北海道新聞文化賞などを受けている。昭和三十七年十二月、六十九歳で歿したという。

あらすじ　「私は自分の仕事を神聖なものにしようとしてゐた。ねぢ曲らうとする自分の心をひつぱたいて、出来るだけ伸び〳〵した真直《まつすぐ》な明るい世界に出て、そこに自分の芸術の宮殿を築き上げようと藻掻《もが》いてゐた。それは私に取つてどれ程喜ばしい事だつたらう。と同時にどれ程苦しい事だつたらう。私の心の奥底には確かに——凡《すべ》ての人の心の奥底にあるのと同様な——火が燃えてはゐたけれども、その火を燻《いぶ》らさうとする塵介の堆積は又ひどいものだつた。かき除けても〳〵容易に火の燃え立つて来ないやうな瞬間には私は惨《みじ》めだつた。私は、机の向うに開かれた窓から、冬が来て雪に埋もれて行く一面の畑を見渡しながら、滞りがちな筆を叱りつけ〳〵運ばさうとしてゐた。」

そんな私の前に突然ひとりの不機嫌そうな中学生があらわれ、技巧のまずい、それでいて力のこもった絵をみせたまま、消息を絶つ。

「かうして二年三年と月日がたつた。而してどうかした拍子に君の事を思ひ出すと、私は人生の旅路の淋しさを味はつた。一度兎《と》に角顔《かく》を合せて、或る程度まで心を触れ合つた同志が、一旦《いったん》別れたが最後、同じこの地球の上に呼吸しながら、未来永劫《えいごう》復《ま》たと邂逅《めぐりあ》はない……それは何んといふ不思議な、淋しい、恐ろしい事だ。」

この間私は信仰を捨て、三人の子の父となり、札幌を去り、足もとからまくし上がる不幸の中に文学者としての道を歩みはじめる。こうして十年を経たある日、泥によごれた油臭い一封の小包みが私の手に届く。ころがり出た三冊の鉛筆画帳にはどれもこれも山と木ばかりが描かれている。「私は一眼みると、それが北海道の風景である事を知つた。のみならず、それは明かに本当の芸術家のみが見得る、而して描き得る深刻な自然の肖像画だつた。」「やつつけたな……」私は少年の姿をした木本（主人公）の面影を心に描きながらほほえむ。その晩一通の手紙が届いた。

「色々ナモノガ私ノ心ヲヲドラセマス。私ノスケッチニ取ルベキ所ノアルモノガアルデセウカ。

私ハ何トナクコンナツマラヌモノヲあなたニ見テモラフノガハヅカシイノデス。

山ハ絵具ヲドツシリ付ケテ、山ガ地上カラ空ヘモレアガツテキルヤウニ描イテ見タイモノダト思ツテヰマス。……」

北海道行きを計画していた私は矢も盾もたまらず汽車に乗りこむ。雪の降り積もった農場の事務所。大自然が夕闇に溶き消されてしまう頃、一人の男が私をたずねて来た。「あなたは誰方《どなた》ですか」「木本です」「え、木本君」私は驚いてまじまじと相手を見つめながら「これが君なのか」と思うのだった。

「地《ち》をつぶしてさしこをした厚衣《あつし》を二枚重ね着して、どつしりと落着いた君の坐り形は、私より五寸も高く見えた。筋肉で盛り上つた肩の上に、正しく嵌《は》め込まれた、牡牛のやうに太い頸《くび》に、稍長めな赤銅色の君の顔は、健康そのもの〻やうにしつかりと乗つてゐた。筋肉質な君の顔は、何処から何処《どこ》まで引締つてゐたが、輪廓《りんかく》の正しい眼鼻立ちの隈々には、心の中から湧いて出る寛大な微笑の影が、自然に漂つてゐて、脂肪気のない君の容貌をも暖かく見せていた。〈何といふ無類な完全な若者だらう。〉私は心の中でかう感歎した。」

夕食を共にした二人は夜の更けるのを忘れて話し合う。私は青年の話しの中に、過去の私が抱いたと同質の悩みを見出だす。大自然と命をかけて戦う漁夫の生活。大しけの海中に船もろとも投げ出されてなお生き伸びるたくましい生命。すたれてゆく岩内の漁場で獲物を安価に引き取る缶工場。たくましさと悲惨な生活とが私の想像する心の中で二重映しになって、思わず身を固くひきしめる。虚偽を入れない生存の戦いがそこに描き出された。だがこの真実の生活も、「絵が描きたい」という木本の渇望と無縁なのである。煙草を切らした煙草のみにも似た渇きが木本をとらえて離さない。凍《い》てついてほろほろとあえる握り飯にふるえながら雪の山中で鉛筆を画帳にぬりつけてゆく彼。脚の付け根までしびれ切った彼の体とはうらはらに、頭の中は二重生活の悩みでぶすぶすとくすぶりつづける。

「俺が芸術家であり得る自信さへ出来れば、俺は一刻の躊躇《ちゅうちょ》もなく実生活を踏みにじつても、親しいものを犠牲にしても、歩み出す方に歩み出すのだが……家の者共の実生活の真剣さを見ると、俺は自分の天才をさう易々と信ずる事が出来なくなつてしまふんだ。俺のやうなものを描いてゐながら彼等に芸術家顔をする事が恐ろしいばかりでなく、僭越《せんえつ》な事に考へられる。俺はこんな自分が恨めしい、而して恐ろしい。皆んなはあれ程心から満足して今日々々を暮してゐるのに、俺だけは丸で陰謀でも企《たく》らんでゐるやうに始終暗い心をしてゐなければならないのだ。どうすればこの苦しさこの淋しさから救はれるのだらう。」

彼は思いつめて自殺すらたくらむ。だが暗い崖淵《がけぶち》に立って夢とも現《うつつ》ともつかない想いに流され、今にも逆落としに落ちそうな気持ちの傾きを感じてもなお、彼の若い心はたくましかった。「よき魂」は涙にぬれ輝やいて、ふたたび生への道程を踏み出すのである。私は語りかける、

「ほんたうに地球は生きてゐる。生きて呼吸してゐる。この地球の生まんとする悩み、この地球の胸の中に隠れて生れ出ようとするものゝ悩み——それを僕はしみ〴〵と君によつて感ずる事が出来る。それは湧き出で跳り上る強い力の感じを以て僕を涙ぐませる。

君よ！　今は東京の冬も過ぎて、梅が咲き椿が咲くやうになつた。太陽の生み出す慈愛の光を、地面は

胸を張り拡げて吸ひ込んでゐる。春が来るのだ。
君よ、春が来るのだ。冬の後には春が来るのだ。君の上にも確かに、正しく、力強く、永久の春が微笑《ほゝえ》めよかし……僕はたゞさう心から祈る。」

醜の美化　信仰から心が離れていながらなおクリスャンであり、財産をもつことに苦痛を感じながら農場経営者でなければならなかつた有島は、心の中で芸術生活への飛躍を想い続けながら環境と因習とにまつわりつかれて苦しんだ。妻と父との死によってそれは解決へむかったが、二重生活の痛ましさをその瞬間まで体験してきただけに、青年画家木田金次郎の苦悩が他人事としてすまされなかったのである。『生れ出づる悩み』を世に問う本質的な動機がそこにあった。

自然によって完成された青年木田は『カインの末裔』とは別な形でまた自然と戦う。有島は彼自身の過去の道標によって木田を導いた。それゆえに木田を北海道にとどめて、煮え切らない都会生活から救ったのである。二重生活はさまざまな形で人の世のどこにでもころがっている。個性の自由をそのまま生きる者は強い。しかし肉体と精神との絶え間ない相剋は、生活する者の誰もが抱く悲しみなのである。それを見きわめ、「魂」の十全な生長を実現しようとする努力もまた人に与えられた価値だと言えよう。この作品のテーマがそこにある。

要するにヒューマニズムの完成をうたったこの作品は、有島が白樺派のすぐれた一員であることを証明している。『宣言』『迷路』を書いたこの作家にしてこの作品が誕生したのだが、考えなければならない点はやはり、かくまで美しい人間尊重の精神を世の中がどのように受け入れるかということであろう。口をすすぐための生活がいまだに人を高めず、エゴイズムと呼ばれる欲念と競争心とに人の心を煽《あお》り立てるとすれば、それらがおのずから解消されるものとして美しい面にのみ身を置くのが良いのか、それとも美と醜との二重性をどこまでも突きつめてゆく有島のやり方が良いのか、考えざるを得ない。前者は現実から游離しやすく、しかし理想に輝くこともたやすい。ところが後者は現実に密着することによってお先きまっ暗なのである。実生活と芸術生活との二重苦に限らない。むしろそれは、実生活の醜がどのようにあれば美にまで高められ得るのかという現代人最大の悩みである。言わば醜の美化、ここに有島を一貫するテーマが存在する。「よき魂」は美しいばかりの人の心ではない。二重苦から生れ出づる悩みそのものをさしている。

さらにまた『カインの末裔』にみられた人間と自然という大きな命題がこの作品にも貫かれている。俗流文明に蝕《むしば》まれてゆく都会人の生活から若者を救ったことには、この命題に悩み抜いた有島の生への姿勢が躍動しているのであり、二重生活を強いる社会への叛逆という点にはより本質的な文明批判——社会批判の可能性を秘めている。社会主義へか、個人の絶対自由をめざす無政府共産へか。彼の叛逆は親しんだこれらの思想と無関係ではない。そこにまた作者の測りしれない理想主義が脈うっている。白樺派の中で異彩を放つ有島の活躍期にふさわしく、内容の深い作品である。

或る女

モデルの佐々城《ささき》信子

醜にも邪にも

「畏《おそ》れる事なく醜にも邪にもぶつかって見よう。その底に何があるか。若《も》しその底に何もなかったら人生の可能性は否定されなければならない。私は無力ながら敢《あ》へてこの冒険を企てた。」(『或る女』広告文)

代表作として知られる『或る女』の広告文を有島はこう書いた。新しい時代思潮を反映して女性の解放が問題視されはじめた日露戦争の前後を舞台に、真実の生活を求める一女性が悲惨な生涯を演じつくす。その女主人公には実在のモデルがいた。

札幌農学校時代、有島の二年上級に森広がいた。彼は同校二代目校長森源三の子息である。有島が農学校を卒業する明治三十四年、森広は農商務省の練習生としてアメリカへ渡り、貿易会社を起こしつつあった。

森には佐々城《ささき》信子という婚約者があり、彼女はその年の九月に森を追って横浜港を旅立った。この時有島は森を見送ったように彼女を見送っている。『或る女』（早月葉子）のモデルがこの佐々城信子である。信子の母佐々城豊寿《とよじゅ》は熱心なクリスチャンであり、当時矢島楫子を会長にもつ婦人嬌風《きょうふう》会の書記を務めたほどの、言わば社交界の花形であった。ある時佐々城家で日清戦争の従軍記者招待会が催され、天才記者と騒がれた青年国木田独歩が、当時十九歳の信子に想いを染めた。信子は親の反対を押し切って独歩と結婚する。しかし才たけた男のような気性の彼女は嫉妬深い独歩とうまく行かず、わずか二カ月ほどで独歩のもとを逃げ出してしまう。その後彼女は許婚《いいなずけ》者の森広と結婚すべく、周囲から無理強いされるようにして旅立つ。彼女は森を愛してはいなかった。そしてアメリカへ向かう船の中で事務長武井勘三郎と関係し、アメリカには降りないまま同じ船でひき返す。同航した鳩山和夫・春子夫妻は二人を責め、彼の関係する『報知新聞』は、「某《ぼう》大汽船会社中の大怪事。事務長と婦人船客の道ならぬ恋。船客は国木田独歩の先妻」と書きたてたのである。信子は独歩との間に生まれた子を親戚にあずけたまま武井と行方をくらまし、世間のモラルに背いた主我的な莫蓮《ばくれん》女のような印象を強く残した。この事件の行き察については国木田独歩の『欺かざるの記』および相馬黒光の『黙移』などに詳しい。

『或る女』の作者は、信子を横浜に送った二年後に同じ航路で渡米して森広と再会し、きまじめなクリスチャンの苦悩を自分のもののように経験した事情もあって、身近かな過去の事件に時代の動向を見出だし、創作のテーマと為し得る題材をつかんだのである。婦人運動で活躍する名流婦人の子に生まれた一女性が、自我の不思議な衝動に駆りたてられて世間に叛逆しつつ転落する悲劇、それが『或る女』である。ちなみに作中人物とモデルとを照合しておこう。早月葉子は佐々城信子、母親佐は佐々城豊寿、木村は森広、古藤義一は有島、木部孤笻《こきょう》は国木田独歩、事務長倉地三吉は武井勘三郎、五十川女子は矢島楫子、田川法学博士夫妻は鳩山和夫、春子夫妻、内田は内村鑑三。むろん創作とは作者の意匠であり、事実は素材にすぎない。

ところでこの作品はそのはじめ『或る女のグリムプス』と題され、前編にあたる部分が『白樺』に連載された。明治四十四年一月号から大正二年三月号の第二十一章まで断続的に書きつがれたが、以後大正八年三月に著作集第八集として書き直されるまで据え置かれる。この間五年三月にハヴェロック・エリスの『性の心理学的研究』を読んで「改作に有用な諸点を得た」。かくして発表されたものは強くエリスの影響を受けており、とりわけ八年六月に発表された後編（著作集第九集）にそれがいちじるしい。有島作品中最長編の代表作は足かけ九年の時日を経て完成されたわけである。

あらすじ

すれちがう人をふりむかせずにおかない美貌と、どんな男性をも見くだすほどの才気とをそなえた早月葉子は、キリスト教婦人同盟の副会長を務める早月親佐の長女として育った。十八歳の時催された日清戦争従軍記者慰労会で、天才記者とうたわれた木部孤笻を知って恋に陥り、世知にたけた親の反対を押し切って結婚した。だが男尊的な社会習慣に抗《あらが》うことを本能のように養って育った彼女は、木部の心に強圧的な嫉妬深い男のエゴイズムを見出してしまう。女学校時代を女王のようにふるまい、「時代の不思議な目覚めを経験した」彼女にとって憎むべきは男の圧迫であった。親や世間の強引な反対に反抗した彼女はまた木部の圧迫にも耐えられず、わずか二カ月で逃げ出してしまう。木部との間に生まれた子を乳母にあずけ、彼女は母とともに仙台に移って、そこの社交界の花形になった。だが母子不倫事件という中傷を受けてその地位は失われる。木村という熱心なクリスチャンの活躍で母の無実は証明されたが、葉子の汚名は雪《すす》がれずに残され、母は葉子と木村との婚約を遺言して他界する。木村はアメリカへ渡って貿易会社を起こすべく働き、葉子は五十川女子のみかじめで家財を整理して木村の後を追う。しかし葉子は木村を愛してはいなかった。母の恥だけ雪がれて自分のそれがうやむやに終わった木村の運動もおもしろくなかった。葉子を愛し、母の臨終には言質までとって結婚したいと望む木村の腹の底に、彼女はまじめなクリスチャンとしての木村の表面を疑う。だが木村はきらいでも、あまりに奔放な性格が容れられない日本にいるより新しい国で自由にふるまう方がよほど身のためだとも考えて、船に乗り込んだのである。そしてこの船に倉地三吉という事務長がいた。彼は世俗のモラルに目もくれない野獣のような男である。赤銅色に日焼けしたその巨大な体軀からは洋酒と巻たばこのまざり合った匂いが絶えなかった。葉子はいつとはなく彼にひきつけられ、船がアメリカに着かないうちに道ならぬ関係を結んでしまう。葉子は「身の破滅がとう〳〵来てしまったのだ」と思う。しかし木村のように煮え切らない男に愛想をつかしていた彼女は、原始人のような倉地に言い知れない忘我の自由を感じる。「恐ろしい大胆な悪事を赤児同様の無邪気さで犯し得る質《たち》の男」、世も常識も無視する怪物、それが葉子の心の不思議な衝動にひたと触れたのである。船がシアトル港に入っても彼女は倉地の指図通りに仮病をつかって、降船しなかった。木村がたずねても病気を装った。

〈私の電報をビクトリヤで受取つたでせうね〉

と木村がたずねる。受け取った憶《おぼ》えのない葉子は〈えゝ、難有《ありがた》う御座いました〉といい加減な返事をする。そこへ倉地が入ってくる。

〈木村さんの顔を見るとえらい事を忘れてゐたに気がついたで。木村さんからあなたに電報が来とつたのを、私やビクトリヤのどさくさでころりと忘れとつたんだ。済まん事でした。こんな皺《しわ》になりくさつた〉

葉子は一瞬ぎくりとしながらすばやく倉地に目くばせしていう。

〈倉地さん、あなたは今日少し如何《どう》かなすつていらつしやるわ。それはその時ちやんと拝見したぢやありませんか〉

「事務長はすぐ何か訳があるのを気取《けど》つたらしく、巧みに葉子にばつを合せた。

〈何？　あなた見た？　おゝさう〳〵……これは寝呆《ねぼ》け返っとるぞ、はゝゝゝ〉

而して互《たがい》に顔を見合はせながら二人はしたゝか笑つた。木村は暫く二人を片身代りに見較《みくら》べてゐたが、これもやがて声を立てゝ笑ひ出した。木村の笑ひ出すのを見た二人は無性に可笑《をか》しくなつてもう一度新しく笑ひこけた。木村といふ大きな邪魔者を眼の前に据《す》ゑておきながら、互の感情が水のやうに苦もなく流れ通ふのを二人は子供らしく楽しんだ。」

倉地のさしがね通り、葉子は同じ船で日本にひき返す。新しい国の生活を得る代わりに得体《えたい》の知れない灼熱した愛の有頂点を得て。木村との間は、木村が葉子に溺れ切っているのを幸いに、不即不離に保ったまま……。（以上三十一章まで前編）

横浜に帰った葉子を待ち受けていたものは社会の眼だった。同航した田川法学博士夫人が、航海中に葉子の才気にひけを取ったことを根にもって、二人の関係を新聞に暴露したのである。木村の親友古藤義一も彼女を責めた。事実を真正面からつきつめねば止《や》まない古藤は葉子にとってけむい存在だった。彼はいつの場合にも葉子の心の奥底の最も確かな部分を探り出そうとする。葉子にはそれが畏《おそ》れともなり懐《なつ》かしさともなった。けれども焼けただれた愛欲にすべてをかけている葉子は、持ち前の才気で体《てい》よく古藤をかわした。はては乳母にあずけた子をも犠牲にしてひたすら忘我の世界に生きようと決心した。葉子の心にはすべてかあるいは無かの二者択一の道しかない。彼女は「塵一つさへない程、貧しく見える瀟洒《しょうしゃ》な趣味か、何処にでも金銀がそのまゝ捨ててあるやうな驕奢《きょうしゃ》な趣味でなければ満足が出来なかつた。残つたのを捨てるのが惜しいとか勿体《もったい》ないとか云ふやうな心持ちで、余計な石や植木などを入れ込んだらしい庭の造り方を見たりすると、すぐさまむしり取って眼にかゝらない所に投げ捨てたく思ふ」、そんな女性なのである。

世を隠れた二人の幸福はしかし長く続かなかった。書きたてられた新聞記事のため倉地は職を失ない、葉子自身もそのころから下腹部に鈍痛を覚えるようになって、しばしばヒステリー症状におそわれはじめた。彼女の神経は人の言葉を疑う方にのみ鋭く研ぎすまされてゆく。春が来て、妹の愛子や貞世が健康な美しさに輝やいても、葉子の顔色だけは青白く凄《すご》んで見えた。仕事を失った倉地は水先案内業者の組合を作ると称して海図を集め、外国に売りとばす「国賊」になりさがっていった。木村から搾《しぼ》り取れる限りの金を取れ、と彼は葉子に言う。にもかかわらず葉子はそれを喜んだ。人を人とも思わぬ倉地という男が自分のためにかくまで転落してゆく、その喜びにうちふるえた。

しかし葉子は倉地ほどの恥知らずにはなれない。彼女の心のどこかでより確かな真実を渇仰する声が、彼女を苦しめた。時折訪問する古藤は決まってそこを突く。船中で知り合った岡という純情な青年ですら、「あなたは堕落した天使のやうな方です」と言う。肉体の病気と心の病気との二重苦のなかでそんな自分をもてあましながら、葉子は完全にヒステリー症の女性と化していった。倉地が離れてゆく、愛子から奪われたのではないか、他人の言葉がみな嘘としか響かない、もはや身も世も破滅する……そんな状態を続けたある時、貞世が腸チフスにかかった。疑惑と虚無のどん底につき落とされた葉子にとって、肉親への、ことに貞世への愛情こそ虚偽も虚飾もない唯一の真実だった。彼女は文字通り命を縮めて看病にあたる。その甲斐あってか貞世は回復にむかう。しかし貞世の回復は葉子の命と取り換えになった。葉子の病気は日を置かず手術しなければ取り返しのつかない所にまで進昂していたのである。彼女は手術を思い立つ。それも岡と愛子とが好意を寄せ合っていることへの嫉妬から……健康を回復したら必ずこの二人の仲を裂いてやろうとのヒステリックな欲念から……。

失敗すれば必ず命を失う手術の前夜、彼女は自分の生きてきた道を静かにふり返ってみた。「必要に従ふといふ以外に何をすればいゝのか分らなかつた」二十六年間が、いつの時からか歪んだ道に踏み込んでいる、

ているかのようだった。そんな過去が死を目前にしてまざまざと見わたせた。さし込む月の光りがその歪みをみじめにも照らし出し

「間違つてゐた……かう世の中を歩いて来るんぢやなかつた。然しそれは誰の罪だ。分らない。然し兎に角自分には後悔がある。出来るだけ、生きてる中にそれを償《つぐな》つておかなければならない」

……手術は終わった。二日の間望ましい方に向かうかに見えた彼女の容態は、三日目の夕ぐれ時、突然激変した。激裂な痛みが彼女の下腹部を突き抜けたとき、彼女は手術の失敗を自覚せねばならなかった。それからまる一日、激痛の中を転々として苦しみ、もだえ、死の淵をさまよいながら、彼女は残した仕事を想い起こそうと懸命に頭を働かせた。ふと自分の子供を想い浮かべた。そして幼ない頃彼女をいつくしんでくれた内田を思った。その時はじめて、道を踏みはずした葉子を内田が家に入れなくなった正しさをも悟った。だがすべてはあまりにも遅すぎた。

「〈痛い〱〱……痛い〉」

葉子が前後を忘れ我を忘れて、魂を搾《しぼ》り出すやうにかう呻く悲しげな叫び声は、大雨の後の晴れやかな夏の朝の空気をかき乱して、惨《いた》ましく聞え続けた。」

火の鳥

「私はあの書物の中で、自覚に目ざめかけて而も自分にも方向が解らず、社会はその人を如何《どう》取あつかふべきかを知らない時代に生れ出た一人の勝気な鋭敏な急進的な女性を描いて見

たまでで、信子さんの肖像を描かうとしたのではありませんでした。木村といふのは森広で、古藤といふのは私です。」（大正八年九月五日黒沢良平宛）

自我の目ざめを知り染めた葉子は、周囲の言葉の一つ一つに抗《あらが》う。彼女はその反抗の中に真実が潜んでいることをおぼろ気に感じている。しかし何が真実なのかその点がわからない。ただ木部との間に生まれた子と妹とに対してだけは本能のような愛情を抱いている。血肉をわけた者にのみいささかの隙間《すきま》もない心の触れ合いを感じ取るのである。彼女に必要なものは、心臓と心臓との全《まった》き融合かさもなくば孤独な自己のみであった。もし人が良い加減な気持ちで彼女に接しようとすれば、彼女はその人の心の隙間《すきま》に容赦なく爪をつき立ててくる。そして彼女の生きた周囲は世間的な習慣に縛られた煮え切らない人間社会だった。彼女はそうした人々の根拠のない良識の底にひそむエゴイズムを見抜いている。なまぬるい世俗のモラルをひと皮むけばいつの世にも人間の醜い面がうごめいている。敏感な彼女はそれを見過ごしにできない。「醜にも邪にもぶつかつて」、それらを白日の下にさらけ出して、「その底」に人間の変わらない真実を探りつづけてゆく。木村も木部も彼女の親も、この醜い皮を被《かぶ》って臭い息を平気で呼吸している、と彼女は思った。葉子はありふれた主我の化身ではない。彼女の不思議な衝動はすべて彼女自身の美しい心から生まれ出ている。この真実が周囲に容れられないのである。葉子の破滅の根源がそこにある。心に良い加減なものをもたない古藤や、無口で純粋な岡に対して言い知れない懐かしさを感じるのは、葉子のこの真実の心である。ただ自己の進む道に暗かった彼女は、倉地という社会をはずれた野蛮人の赤裸な姿に、真実を見たと思った。しかしこの道はやはり「間違《まちが》っていた」のである。彼女は心で接する前に肉体で接した。暖かな人格の触れ合う前に灼熱した恋に焼けただれた。その炎は燃え盛《さか》る瞬間にだけ真実とも映る虚像でしかない。燃えつきれば虚無の灰しか残らない。彼女の悲劇は人間としての自覚に遅れた近代日本の悲劇なのである。そしてこの点に近代日本文学が生んだ不朽の名作『或る女』の価値が存在する。

有島は留学を終えて帰る船中でトルストイの『アンナ・カレーニナ』を熱心に読み、次のような感想を日記に書きつけた。

「彼女の生涯は嵐のやうである。否、暴風雨である。彼女は、もし弱者に会ふならば、それを打挫《うちくじ》くであらうし、強者に会へば自ら打挫かれるであらう。而も彼女は、両者を避けようとはしない所か、そのどれかを捉《とら》へる事を寧《むし》ろ好んでゐる。

神はかゝる人類を生み出す。そして、それは、必ず苦しむ。憐れな魂よ！　生れながらの征服者であると同時に生れながらの敗北者――この世の中の最も悲劇的な逆説《パラドックス》である。世人をして、かゝる魂を、その常識と云ふ低級な尺度で測らしめること勿《なか》れ。世間は彼女を知つてゐないのだ。彼女はこの世に属してゐるものではないのだ。――迷子の天使とでも云ふがよからう。可愛相な魂よ！」

このアンナに寄せる同情と『ヘッダ・ガブラー』の強烈な自己肯定とが複写して早月葉子が誕生した。燃えつきた灰の中からふたたび飛び立つフェニックス（火の鳥）とでも形容すれば良いのだろうか。

惜みなく愛は奪ふ

思想の集大成　明治四十三年に『二つの道』を発表した有島は、以後大正元年五月にベルグソンの『時間と自由』を読む時まで、この「矛盾を擁した人間全体」の考えを生きていった。しかしこの批評家じみた人生観は彼を満足させはしなかった。無目的な現実主義、体と足とを伴わないハムレットの迷い、有島が有島を批評する自己分裂、そこから何としても這《は》い出したかった。しかしベルグソンの「生命の純粋持続」を知るに及んで、二元分裂の底に統一した「魂」が実在することを悟り、ここから生命の作家有島が誕生した。以後彼はこの生命思想を一直線に進む。

「私の魂は荘厳である。今まで人は言葉を尽し心を傾けて、その荘厳を説いた。然しその人々の思ひ設けなかつた程魂は荘厳だ。私の魂は過去と現在との総和であり、未来の凡《すべ》てゞある。未来に現はるべきあらゆる偉大な思想と偉人とは、私の魂が子孫に残して行く形見である。私は各瞬間に進化し各瞬間に蓄積する。神といふ字を用ひよとならば、私は憚《はばか》る所なく大胆に私の魂を神と呼ばう。」（大正二年七月『草の葉』）

「偖《さ》て魂に還《かえ》つたお前はそれを切りこまざいてはならぬ。お前が外界を考へて居た時のやうに、善悪正邪と云ふやうな二元的の見方で強ひて魂を見ようとしてはならぬ。魂の全要求、魂の全命令に謹んで耳を傾けねばならぬ。お前が魂の全要求に応ずるならその時魂は生長を遂《と》げる。」（大正三年七月「内部生活の現象」）

こうして有島は彼自身の生命に立ち帰り、世俗的な判断に迷わない個性そのものの拡充を思想の根底にすえつけた。大正四、五年には個性確立を主題にした一連の作品を発表し、最も創作活動の盛んだった大正六年に『惜みなく愛は奪ふ』の第一稿を『新潮』（六月号）に発表する。

「私は己《おのれ》を愛してゐるか。私は躊躇《ちゆうちよ》なく然りと答へる。私は他を愛してゐるか。これに肯定を与へる為めには私は或る条件と限度とを附する事を必要とする。私は到底《とうてい》己を愛する如くには他を愛してゐないと云はなければならない。それではまだ尽してゐない。切実に云ふと、私は己を愛し得るが故にのみ他を愛するのだ。それでもまだ尽してゐない。更に切実に云ふと他が己の中に摂取された時にのみ私は他を愛するのだ。然し己の中に摂取された他は、実はもう他ではない。己の一部だ。畢竟《ひつきよう》私は己を愛してゐるのだ。而して己のみをだ。」

「惜みなく愛は与へ」とパウロが説いたのは、じつは表面与えるかに見える愛によって、与える者自身を無限の飽満に導く、だから愛は与えるように見えてその実奪うものなのだ、と有島は言う。ここに『惜みなく愛は奪ふ』の原理が形成される。彼はこの思想を軸として、以後「自我の考察」（同年）「自己と世界」「魂は私に告げる」（七年）等を発表し、大正八年に発表した「文学は如何に味ふ可きか」の中で、人の内面生活を「習性的生活」「智的生活」「本能的生活」の三段階に分け、『惜みなく愛は奪ふ』の論理を肉づけして行った。

翌九年一月に講演した「内部生活の現象」で彼は思想の大体をまとめ上げ、同年八月、著作集第十一集として『惜みなく愛は奪ふ』が刊行された。

あらすじ　「太初《はじめ》に道《ことば》があつたか行《おこない》があつたか、私はそれを知らない。然し誰がそれを知つてゐよう、私はそれを知りたいと希《こいねが》ふ。而して誰がそれを知りたいと希はぬだらう。……知ることは出来ない。が知らうとは欲する。人は生れると直ちにこの〈不可能〉と〈欲求〉との間にさいなまれる。不可能であるといふ理由で私は欲求を拋《なげう》つことが出来ない。それは私として何といふ我儘《わがまま》であらう。而して何といふ可憐さであらう。」（一章）

「不可能」と「欲求」との自己矛盾がなにしろ人の悩みの出発点だと説き起こした有島は、次に彼自身の過去を思う。

「神を知つたと思つてゐた私は、神を知つたと思つてゐたことを知つた。私の動乱はそこから芽生えはじめた。

或る人は私を偽善者ではないかと疑つた。どうしてそこに疑ひの余地などがあらう。私は明かに偽善者だ。……

基督《キリスト》の教会に於て、私は明かに偽善者の一群に属すべきものであるのを見出してしまった。」（三章）

謙虚な反省が続く。神から離れてのち『二つの道』をさまよったこと。だがそれはハムレットのように淋しい、行動の伴わない自己矛盾だったこと。淋しさを癒やして歩み出したい衝動が腹の底からこみ上げてくること。かくして自己の意志によって個性そのものに舞い戻ったこと。

「私の個性は私に告げてかう云ふ。

私はお前だ。私はお前の精髄だ。私は肉を離れた一つの概念の幽霊ではない。また霊を離れた一つの肉の盲動でもない。お前の外部と内部との溶け合つた一つの全体の中に、お前がお前の存在を有つてゐるやうに、私も亦《また》その全体の中で厳しく働く力の総和なのだ。」（六章）

求道者でも聖人でも英雄でもなく、「魂」によって統合された人間であることを彼は知った。そこにあるものは「個性の生長と完成」だけだという。

この結果彼は過去の生活を総整理して三つの段階に分ける。まず、

「外界の刺戟《しげき》をそのまゝ受け入れる生活を仮りに習性的生活（habitual life）と呼ぶ。それは石の生活と同様の生活だ。石は外界の刺戟《しげき》なしには永久に一所《ひとところ》にあつて、永い間にたゞ滅して行く。石の方から外界に対して働きかける場合は絶無だ。……私達の祖先が経験し尽《つく》した事柄が、更《さら》に繰《く》り返されるに当つては、私達はもう自分の能力を意識的に働かす必要はなくなる。かゝる物事に対する生活活動は単に習性といふ形でのみ私達に残される。」（十章）

「習性的生活」には意志が働かない。環境に順じ習慣に流される石ころ同然の生活しかない。封建社会に生きた人はおおむねこの類《たぐ》いであった。もちろん有島はこの生活を拒否する。そして次の段階の生活を考える。

「それを名づけて私は智的生活 (intellectual life) とする。

この種の生活に於て、私の個性は始めて独立の存在を明かにし、外界との対立を成就する。それは反射の生活である。外界が個性に対して働きかけた時、個性はこれに対して意識的の反応をする。即ち経験と反省とが、私の生活の上に表はれて来る。これまで外界に征服されて甘んじてゐた個性はその独自性を発揮して、外界を相手に取つて挑戦する。習性的生活に於て私は無元の世界にゐた。知的生活に於て私は始めて二元の世界に入る。こゝには私がゐる。かしこには外界がある。外界は私に攻め寄せて来る。私は経験といふ形式によつて外界と衝突する。而してこの経験の戦場から反省といふ結果が生れ出て来る。それは或る時には勝利で、或る時には敗北であらう。……智的生活は反省の生活であるばかりでなく努力の生活だ。……努力は実に人を石から篩《ふる》ひ分ける大事な試金石だ。」(十一章)

環境と自己との戦い、それが「智的生活」なのである。そこには反省という自己凝視がある。つまり「二つの道」がある。しかしこの生活は努力の生活だという。努力は個性の自由のために踏むべき道ではあっても自由そのものではない、と有島は考える。

「然し私はこの生活に無上の安立を得て、更に心の空しさを感ずることがないか。私は否と答へなければばならない。私は長い廻り道の末に、尋ねあぐねた故郷を私の個性に見出した。この個性は外界によって十重《とえ》二十重《はたえ》に囲まれてゐるにもかゝはらず、個性自身に於て満ち足らねばならぬ。その要求が成就されるまでは絶対に飽きることがない。智的生活はそれを私に満たしてくれたか。満たしてはくれなかった。何《な》故《ぜ》ならば知的生活は何といっても二元の生活であるからだ。そこにはいつでも個性と外界との対立が必要とせられる。私は自然若《も》しくは人に対して或る身構へをせねばならぬ。」(十一章)

努力のいらない自由そのものの生活とは何か。それは「私が私自身になり切る一元の生活」である。有島はその最後の段階を説明する。

「個性の緊張は私を拉《らっ》して外界に突貫せしめる。外界が個性に向って働きかけない中に、個性が進んで外界に働きかける。即ち個性は外界の刺戟《しげき》によらず、自己必然の衝動によって自分の生活を開始する。私はこれを本能的生活(impulsive life)と仮称しよう。」(十二章)

「本能的生活」には努力も反省もない。自由な個性の活動による「創造」の世界なのである。この生活が素朴になされる例を、彼は「無邪気《むじゃき》な小児の熱中した遊戯の中に見ることが出来る」という。

「彼は正しく時間からも外聞からも超越する。彼には遊戯そのものゝ外に何等の目的もない。彼の表面的な目的は縦令《たとい》一個の紙箱を造ることにありとするも、その製作に熱中してゐる瞬間には、紙箱を造る手段そのものゝ中に目的は吸ひ込まれてしまふ。そこには何等の努力も義務も附帯してはゐない。あの純一無雑な生命の流露を見守ってゐると私は涙がにじみ出るほど羨《うらや》ましい。」(十二章)

さらに「本能的生活」は「愛」――とりわけ男女の愛――のなかにより完全な形で存在するという。

「二人の男女は全く愛の本能の化身となる。その時彼等は彼等の隣人を顧みない、彼等の生死を慮《おもんぱか》らない。二人は単に愛のしるしを与へることゝ受けることゝにのみ燃える。而して忘我的な、苦痛にまでの有頂点、それは極度に緊張された愛の遊戯である。その外に何物でもない。」(十二章)

男女の愛は生命全体の流動だと有島は考える。生命の流動とはどのようなものか。彼はそれを一羽のカナリヤによって説明する。

「例へば私が一羽のカナリヤを愛するとしよう。私はその愛の故に、美しい籠と、新鮮な食餌と、やむ時なき愛撫とを与へるだらう。人は、私のこの愛の外面の現象を見て、私の愛の本質は与へることに於てのみ成り立つと速断することはないだらうか。然しその推定は根柢的に的をはづれた悲しむべき誤謬なのだ。私がその小鳥を愛すれば愛する程、小鳥はより多く私に摂取されて、私の生活と不可避的に同化してしまふのだ。唯《ただ》いつまでも分離して見えるのは、その外面的な形態の関係だけである。小鳥のしば鳴きに、私は小鳥と共に或《あるい》は喜び或は悲しむ。その時喜びなり悲しみなりは、小鳥のものであると共に、私にとつては私自身のものだ。私が小鳥を愛すれば愛するほど、小鳥はより多く私そのものである。私にとつて小鳥はもう私以外の存在ではない。小鳥は私だ。私が小鳥を活きるのだ。(The little bird is myself, and I live a bird)」(十六章)

"I live a bird" ここに「本能的生活」の極地があると有島は語る。

「見よ愛は放射するエネルギーでもなければ与へる本能でもない。愛は掠奪する烈しい力だ。」（十六章）

この彼の眼にはキリストが愛の掠奪者として映る。キリストは無限の愛を与えることによって、その実個性創造のエネルギーを無限に奪った者なのである。かくして「惜みなく愛は与へ」るのでなく、「惜みなく愛は奪ふ」ものだと結論される。

有島はこの思想を社会生活にまで説き広げ、男女の位置関係を語り、労働運動の激化した世情にあって、「個の生長と完成」が社会の第一歩だと叫けぶのである。

破滅へ

「私がバラの香を嗅《か》ぐと、すぐ漠然とした幼時の思い出が私の記憶に帰って来る。実をいえば、これらの思い出はバラの香によってよび醒まされたのではない。私が香そのもののうちに思い出を嗅ぐのであって、香は私にとって思い出のすべてである。人が違えば感じ方も違うであろう。」（服部紀氏訳）

ベルグソンの『時間と自由』の中の一節である。「香そのもののうちに思い出を嗅ぐ」という言葉を有島の"I live a bird"とくらべてみれば、「生命の純粋持続」と「本能的生活」との共通点を知ることが出来よう。もちろん有島はベルグソンの思想をそのまま受け売りしたのではない。むしろ「純粋経験」として流動する無意識な自我の世界をより奔放に取り入れたのである。しかしこの奔放さは彼に災いした。たとえば「無元から二元に、二元から一元に」という「本能的生活」への図式を彼の作品から考えてみれば良い。「無元から二元」への過程に『カインの末裔』の仁右衛門が立っている。「二元から一元」への過程に『或る女』の早月葉子がいる。前者は言わば「二元」のはじめであり後者はその終わりに近い。ともあれ両者とも「二元」の両極に位置しているのだが、いま一般に意識と無意識との境を取り去って「純粋経験」の世界を心に得たとしても、はたしてこの二人ほどにすさまじいばかりの「小児」が誕生するものであろうか。有島の眼前にはこの虚無的なまでに激烈な、忘我の世界に踊り狂う人間像しか浮かばないのである。ホイットマンが彼の理想像ではあったが、二人はホイットマンとは異質の要素を内に秘めた、ほど遠い存在である。有島がホイットマンに「オアシス」を見出だしたのはむしろ彼の内面の一部で確かな存在を誇る「大なる健全性」の所作であり、彼自身は、よほど暗い、言うならば血液的な暗潮に流される要素を多分に秘めていた。また言うならばめちゃくちゃに自由であることの虚無を、有島は後生大事に育てていたのである。プロレタリア運動とプロレタリア文学運動とが激化する渦中で個の確立を叫び続けた有島ではあった。その限りでは射るべき的を射たのでもあったが、それらを集大成した『惜みなく愛は奪ふ』には、もはや救いようのない個性の破滅を孕《はら》んでいたのである。

宣言一つ

ブルジョア個人主義の敗北

武郎自画像（大正12年4月鳥取に講演旅行したとき，汽車の中でかいたもの）

『惜みなく愛は奪ふ』を書いたころ、有島の創作活動は、その力強い内容とはうらはらに衰えのきざしをみせつつあった。若い世代の指導者と見なされて評論や講演に追われたことも理由の一つではあったが、しかしこの大正九年には童話『一房の葡萄』と短編『卑怯者』の二編しか発表していない。翌年も同様で、未完の長編『星座』の序章にあたる『白官舎』と戯曲『御柱』とを書いたのがそのすべてである。その十一月九日に新潮社から前年に発表した作品の感想を聞き取りに来た。彼はその夜日記に次のようなことを書いた。

「夜になつて創作に従事しようとしたが持つて居る題材が凡て役に立たなくなつてゐるのを発見して悲しくなる。如何《どう》しても徹底的に生活を改めなければ筆の動きやうがない。こんな生活にふさはしい作品を出して平気でゐる事は如何に私にも断じて出来ない。」ちょうど『白官舎』の続きを進めていた時である。この作品は大正十一年五月に著作集第十四集『星座』として出版された。しかもその後に「あと千枚ほども書いたら多少眼鼻のつくものが出来る」と知人に知らせたほどの一大長編をもくろんだものだった。残念なことに千枚は書かれずに終わったのだが、問題は序編執筆中すでに筆がしぶり、「如何《どう》しても生活を改めなければ筆の動きやうがない」と思いつめねばならなかった点にある。作品の書けない原因は何であったか。

『惜みなく愛は奪ふ』を書くことによって、有島は個人の尊厳と自由を社会改革の前提にすえた。男女の愛の中に生命燃焼の頂点を考え、無限に拡大する自己をひたすら恃《たの》みとして、思想と生活との一致に努めたのだった。しかし遅れているはずの社会は彼の努力とは別の方向に動き出しつつあった。

大正六年はロシア革命の成功をみた年である。これによって日本国内でも、弾圧による「冬の時代」を過ごした社会主義者たちがふたたび活動を開始し、労働組合の結成と労働運動とは日増しに盛りあがり、有名な米騒動などを契機として民主主義運動が民衆自身の手で進められていった。大正九年五月には日本最初のメーデーをみた。労働組合の大連合が矢つぎ早やに進められた。労働運動の激化とともにプロレタリア文学運動も隆盛の一途をたどり、翌十年二月には秋田県土崎港で第一次『種蒔く人』が創刊された。十月には東京から第二次『種蒔く人』が出た。

社会主義思想に早くから親しみ、かつ人と人との正当な位置関係に悩む有島にしてみれば、個性と個性との社会的存在が是正されるための労働運動は喜びであった。彼はこう考える、つまり一人一人に個性の確立が為されないかぎり、労働者の要求は単なる利益追求の欲望充足でしかないのだ、と。それゆえ彼は個人の人格完成をこの何年かくり返し叫び続けて来た。そしてこのかぎりでは有島の声は真実の響きをもっていたのである。

けれども「愛は掠奪する激しい力だ」というほどにまで個性の果て知れない欲求を知った時、彼は彼自身の思想が恐ろしく現実とかけ離れていることに気づかざるを得なかった。人は平等の自由を確保しなければならない。そのためには平等の義務を自覚しなければならない。自分の権利は他人の権利であり、他人の義務は自分の義務でもある。人はそこからより平等な自由を獲得してゆかねばならない。ところが有島の「本能的生活」にはこの義務がなかった。自分に対して意志を働かせる義務なるものは「智的生活」として否定せざるを得なかったのである。ところが小鳥が餌をついばむような何気ないユートピアの世界は、現実では不可能だった。彼の夢想したこの「本能的生活」に一歩でも近づくためには、何といっても義務の生活から再出発しなければならない。にもかかわらず義務のない生活に飛躍したい衝動をもはやどうにも処理出来ない。論理の生んだ自己撞着がふたたび有島の心を二つに裂いた。

『惜みなく愛は奪ふ』で確立したはずの一元的生活は、こうしてものみごとに打ち砕かれてしまった。有島はその原因を彼自身の生活に見出だした。有り余るほどの財産に胡坐《あぐら》して、判ったつもりで判らないまま叫んでいた個性の自由……

「多くの人が苦しんで生活してゐるのに、自分だけが楽な生活が出来ると云ふのは一つの矛盾だ。或る人々が楽な生活をしてゐるのに、自分の生活が切りつまつてゐて、これと思ひ定めた仕事に没頭出来ないといふのも一つの矛盾だ。さうした仕事の中から本当の仕事が生み出され得ないのは恐らく誰れにも考へられることだらう。」(「生活といふこと」大正十年十一月)

創作活動の行き詰まった原因がここにあった。『宣言一つ』はこうした思想と実生活との溝《みぞ》が生んだ有島の敗北の「宣言」なのである。大正十一年一月号『改造』に発表された。

あらすじ　「思想と実生活とが融合した、そこから生ずる現象――その現象はいつでも人間生活の統一を最も純粋な形に持ち来たすものであるが――として最近日本に於て、最も注意せらるべきものは、社会問題の、問題として又解決としての運動が、所謂《いわゆる》学者若《も》しくは思想家の手を離れて、労働者そのものゝ手に移らうとしつゝある事だ。……(中略)……

労働者は人間の生活の改造が、生活に根ざしを持った実行の外でしかないことを知りはじめた。その生活といひ、実行といひ、それは学者や思想家には全く欠けたものであつて、問題解決の当体たる自分達のみが持つてゐるのだと気付きはじめた。自分達の現在目前の生活そのまゝが唯一の思想であるといへばいへるし、又唯一の力であるといへばいへると気付きはじめた。かくして思慮深い労働者は、自分達の運命を、自分達の生活とは異なつた生活をしながら、しかも自分達の身の上について彼れ是れいふ所の人々の手に託す習慣を破らうとしてゐる。」

労働者の向上は学者や思想家によって導かれるものでなく、労働者自身の自覚が生み出すものだ、と有島はいう。

「私自身などは物の数にも足らない。例へばクロポトキンのやうな立ち優れた人の言説を考へて見てもさうだ。縦令《たとい》クロポトキンの所説が労働者の覚醒と第四階級の世界的勃興とにどれ程の力があつたにせよ、クロポトキンが労働者そのものでない以上、彼は労働者を活き、労働者を考へ、労働者を働くことは出来なかつたのだ。彼が第四階級に与へたと思はれるものは第四階級が与へることなしに始めから持つてゐたものに過ぎなかつた。いつかは第四階級はそれを発揮すべきであつたのだ。それが未熟の中にクロポトキンによつて発揮せられたとすれば、それは却《かえ》つて悪い結果であるかも知れないのだ。」

マルクスも同様だという。フランス革命が民衆革命でありながら第三階級の利益に帰したのもそのためだという。ここから有島は、彼自身の立場を次のように「宣言」する。

「私は第四階級以外の階級に生れ、育ち、教育を受けた。だから私は第四階級に対しては無縁の衆生の一人である。私は新興階級者になることが絶対に出来ないから、ならして貰《もら》はうとも思はない。第四階級の為めに弁解し、立論し、運動する、そんな馬鹿げ切つた虚偽も出来ない。今後私の生活が如何《いか》に変らうとも、私は結局在来の支配階級の所産であるに相違ないことは、黒人種がいくら石鹼で洗ひ立てられても、黒人種たるを失はないのと同様であるだらう。従つて私の仕事は第四階級以外の人々に訴へる仕事として始終する外はあるまい。……(中略)……

若《も》し階級闘争といふものが現代生活の核心をなすものであつて、それがアルファでありオメガがあるならば、私の以上の言説は正当になされた言説であると信じてゐる。どんな偉い学者であれ、思想家であれ、運動家であれ、頭領であれ、第四階級的な労働者たることなしに、第四階級に何物をか寄与すると思つたら、それは明かに僭上沙汰である。第四階級はその人達の無駄な努力によつてかき乱される外あるまい。」

現代文学の原点

『宣言一つ』はさまざまな反響を呼んだ。広津和郎はあまりにも「窮屈な考え方」だと言った。片上伸は、有島が言う有産階級者の「覚悟」は認めるとしても、「あまりに論理的、理知的であって、それ等の考察を自己の情感の底に温めてゐない憾《うら》みがある」といい、堺利彦はブルジョア階級者の「絶望の宣言」だと決めつけた。かまびすしい論議がたたかわされた。しかし有島はこれらの批判をいまさら肯《うけが》おうとしなかった。学者や思想家を含めた知識人が新興勢力と無縁だとする考え方はたしかに観念的であり一方的である。また有産者的生活から無産者的生活へ移行することによって、個の平等を生活の主とすることは不可能でない。けれども、無目的な自由を得手勝手に味わうことによって放恣な心が生み捨てにされる資本主義社会で、しかも有産階級者の個人主義を欲しいままにむさぼった有島の内面は、どこまでも満たされない虚無に巣喰われてしまっていた。「本能的生活」は義務の生活でなく、「衝動」に瞬転する生活である。意識の革命などできない相談なのである。にもかかわらず時代の担《にな》い手として潔癖な彼の良心は止む時なく彼を責めて、思想と生活との一致を要求した。自己矛盾に迷う有島にどうしてその一致が可能であろう。もはや周囲がどのように批判しようと、ブルジョア階級者としての敗北を近い将来に予見し、率直に「宣言」せざるを得なかったのである。

『宣言一つ』ののち、有島はそれまでの生活を積極的に改めていった。「第四階級以外の人々に訴へる仕事」をするために、また「在来の支配階級」を自分の立場からいさぎよく切り崩してゆくために、彼は「生活革命」を実行した。すでに前年十月創刊の『種蒔く人』には、書きこそしなかったが執筆者として名を連らね、貧しい社会主義者たちには活動資金を援助した。また年老いた母の悲しみを忍びつつも土地財産を整理し、彼自身は借家に移って、ペンだけに頼る生活を試みた。七月には北海道へ出向いて広大な狩太農場を解放し、十月には個人雑誌『泉』を創刊して「一家一流派」の考えを実行に移した。

だがそれから約十カ月の後、有島のあまりにも純粋なそれゆえに血みどろな生涯は、周囲の予想だにし得ない方法で閉じられてしまった。それは彼の最後の生命の燃焼であり、また敗北の証明であった。

思想と生活との一元化を完成すること……『宣言一つ』は有島の生涯の命題を暗く象徴している。今に生きる人は彼の倒れた所に立ち上がらねばならない。敗北を確かめることからはじまる現代……それが残された者の課題なのである。

年譜

一八七七年（明治一〇）　三月四日、東京府小石川水道町五十二番地（現文京区水道町五十二）に有島武・幸の長男として誕生。父は当時大蔵省関税局少書記官。
　＊自由民権論さかん。

一八八一年（明治一四）　**三歳**　東京女子師範学校付属幼稚園にはいる。父が関税局権大書記官に昇進。神田表神保町に住む。
　＊国会開設の詔下る。板垣退助自由党を結成。イプセン『幽霊』

一八八二年（明治一五）　**四歳**　父が横浜税関長となり、横浜月岡町（現中区老松町）の税関長官舎に移る。
　＊朝鮮に京城事件おこる。戒厳令制定。イプセン『民衆の敵』

一八八四年（明治一七）　**六歳**　九月から山手居留地の横浜英和学校に入学。このころ『一房の葡萄』の出来事があった。
　＊加波山・秩父事件おこる。

一八八七年（明治二〇）　**九歳**　塾へ通って日本語の勉強をはじめる。十月、学習院予備科に入学。寄宿舎にはいり、土曜、日曜を横浜ですごす。
　＊言文一致運動進む。二葉亭四迷『浮雲』（第一編）

一八八八年（明治二一）　**一〇歳**　皇太子明宮嘉仁（後の大正天皇）の学友に選ばれて毎週土曜日に吹上御殿へ参内。
　＊改刊『我楽多文庫』創刊。

一八八九年（明治二二）　**一一歳**　二月十一日明治憲法発布さる。この時文部大臣森有礼が暗殺された。海軍軍人になる望みが薄れてなんとなく農業に従事したいと思う。
　＊『しがらみ草紙』創刊。ベルグソン『意識の直接与件に関する論文』

一八九〇年（明治二三）　**一二歳**　学習院中等科一年級に進む。
　＊第一帝国議会開会。イプセン『ヘッダ・ガブラー』

一八九一年（明治二四）　**一三歳**　父が大蔵省国債局長となり、麴町永田町の官舎に住む。武郎は寄宿舎生活を続け、『小国民』『少年文庫』などを愛読。

*足尾鉱毒事件問題化。『早稲田文学』創刊。逍遙・鷗外の没理想論争はじまる。

一八九四年(明治二七) **一六歳** 地震で学習院校舎が倒れ、祖母の家に帰る。このころから歴史小説を書きはじめる。「慶長武士」「此孤墳」「斬魔剣」など。

*日清戦争はじまる。北村透谷自殺。

一八九六年(明治二九) **一八歳** 学習院中等科を卒業。八月末、暴風雨の中を横浜港から北海道へ。札幌の新渡戸稲造宅に身を寄せ、九月から札幌農学校予科五年級に入学。

*下関条約締結、三国干渉おこる。樋口一葉『たけくらべ』

一八九七年(明治三〇) **一九歳** 隔日に中央寺に参禅をはじめる。森本厚吉を知る。九月より本科一年級へ進む。新渡戸札幌を去る。十一月、狩太農場の土地が手にはいる。十二月、愛子が山本直良と結婚。

*社会主義思想おこる。尾崎紅葉『金色夜叉』・島崎藤村『若菜集』・エリス『性の心理学的研究』

一八九九年(明治三二) **二一歳** 二月十九日、森本と定山渓に行き自殺を計るが失敗、クリスチャンになる決心をした。内村鑑三の著書を熟読する。

*普通選挙期成同盟会結成。根岸短歌会おこる。ボーア戦争おこる。

一九〇〇年(明治三三) **二二歳** この春札幌独立教会にはいり、遠友夜学校に関係。

*治安警察法公布。清国に義和団の乱おこる。『明星』創刊。

一九〇一年(明治三四) **二三歳** 三月、増田英一の失恋の真相を知る。卒業記念に森本と『リビングストン伝』を書く。七月札幌農学校を卒業、農学士となる。十二月一日より一年志願兵として第一師団歩兵第三連隊に入営(翌年十一月除隊)。

*田中正造、足尾鉱毒事件につき天皇に直訴。ニーチェの超人主義盛行。与謝野晶子『みだれ髪』

一九〇三年(明治三六) **二五歳** 河野信子に想いを染め、神と自己との対立に悩みはじめる。八月二十五日、森本とアメリカ留学の旅に立つ。九月、ハーヴァフォードカレッジ大学院にはいり歴史と経済を専攻。アーサー・クロウェルを知り、十一月、彼の家をアボンデールに訪ねて永遠の少女フランセスを知る。このころから信仰に疑問を抱きはじめる。

*ロシア、満州に出兵。尾崎紅葉没、硯友社文学衰退。『平

民新聞』創刊。

一九〇四年（明治三七）　**二六歳**　六月、大学院を修了、マスター・オブ・アーツとなる。七月十九日より狂癲病院で看護夫生活にはいる。九月末、ハーバード大学に籍を置き、社会主義者金子喜一を知る。エマスンの思想に親しみ、カウツキー、エンゲルスなどの社会主義思想に接近する。

＊日露戦争開始。木下尚江『火の柱』・晶子『君死に給ふこと勿れ』

一九〇五年（明治三八）　**二七歳**　一月十一日より、弁護士ピーボディ宅に下宿、ホイットマンを紹介されて心酔する。六月、ボストンを去ってニューハンプシャーの農家で一カ月を働き、八月、ボルティモアで森本と共同生活をはじめる。十一月、書物の不足を嘆いて森本とワシントンに出る。議会付属図書館に通って歴史、文学書に没頭、イプセン、ツルゲネフ、トルストイ、クロポトキン、ブランデス等の著書を読む。

＊ポーツマス条約締結。夏目漱石『吾輩は猫である』（ホトトギス）の連載はじまる。

一九〇六年（明治三九）　**二八歳**　恋愛事件に関係してピストルでおびやかされる。処女作『かんかん虫』を書く。四月、『イブセン雑感』をまとめる。九月、ニューヨーク港を発ち、十三日、ナポリで壬生馬と再会。イタリアから欧州旅行を続け、十一月十七日、スイスのシャフハウゼンでティルダ・ヘックを知る。

＊島崎藤村『破戒』、自然主義文学運動おこる。

一九〇七年（明治四〇）　**二九歳**　一月十八日ロンドン着、クロポトキンを訪問。四月十一日横浜着。九月より三カ月間、予備見習士官として兵役に服務。この間志賀直哉、武者小路実篤を知る。十二月、東北帝国大学農科大学（旧札幌農学校）講師となる。河野信子との恋に破れる。

＊サンフランシスコに排日運動おこる。口語自由詩おこる。田山花袋『蒲団』

一九〇八年（明治四一）　**三〇歳**　一月、札幌の森本宅に寄寓。日曜学校の校長を兼ねる。このころから社会主義研究会を開く。六月、大学予科教授となる。九月一日、陸軍中将神尾光臣の次女神尾安子と婚約。十月、北二条東三丁目九番地に移る。吹田順助を知る。

＊赤旗事件おこる。漱石『三四郎』

一九〇九年（明治四二）　三一歳　三月、東京で安子と結婚。
＊伊藤博文ハルビンで暗殺さる。
一九一〇年（明治四三）　三二歳　四月、『白樺』創刊、同人となり『西方古伝』、五月『二つの道』、七月『老船長の幻覚』、八月『も一度「二つの道」に就て』、十月『かんかん虫』、十一月『叛逆者』を発表。八月、上白石村二に移る。
＊大逆事件おこる。日韓合併。理想主義、耽美主義文学おこる。
一九一一年（明治四四）　三三歳　一月、長男行光誕生、『或る女のグリムプス』（白樺）の連載はじまる。四月『「お目出たき人」を読みて』（白樺）。このころ結婚生活の危機に直面、独立教会を去り信仰を捨てた。北海道庁から危険人物として監視される。
＊幸徳秋水ら死刑、社会主義者の「冬の時代」はじまる。中国に第一革命おこる。
一九一二年（明治四五・大正元）　三四歳　三月『小さき夢』（白樺）を発表。七月、次男敏行誕生。十月、内村鑑三と札幌で会う。
＊鈴木文治友愛会を結成。『奇蹟』創刊。石川啄木没。
一九一三年（大正二）　三五歳　三月『或る女のグリムプス』の連載終わる。六月『ワルト・ホヰットマンの一断面』（文武会報）、七月『草の葉』（白樺）を発表。八月、北十二条西三丁目の新居に移る。十二月、三男行三誕生。
＊中国第二革命、南京事件おこる。
一九一四年（大正三）　三六歳　一月『真夏の夢』（小樽新聞）、四月『An incident』（白樺）、八月『幻想』（白樺）を発表。このころ初めて鹿児島を訪う。九月下旬、安子の肺結核発病。十一月末上京し、安子は鎌倉海岸通りに移る。
＊第一次世界大戦勃発。漱石『心』
一九一五年（大正四）　三七歳　正月十三日頃、安子は平塚杏雲堂病院にはいる。七月、十月、十一月、十二月の四回にわたり『宣言』（白樺）を発表。九月『サムソンとデリラ』（白樺）。
＊対華二十一ヵ条要求提出。漱石『道草』
一九一六年（大正五）　三八歳　一月『大洪水の前』（白樺）、三月『首途』（白樺）、『フランセスの顔』（新家庭）、七月『クロポトキンの印象』（新潮）を発表。八月二日安子死去。九月、遺稿集『松虫』を出版。十二月四日父武死去。

生涯の一大転機をむかえ、作家生活に踏み出す。
＊民本主義論争おこり、デモクラシー運動強まる。白樺派全盛。芥川龍之介『鼻』・漱石『明暗』を執筆中没。

一九一七年（大正六）　**三九歳**　三月『ミレー礼讃』（新小説）を発表。東北帝国大学を退職。一高生と「草の葉会」をはじめる。五月『死と其の前後』（新公論）を発表。神近市子を知る。六月『惜みなく愛は奪ふ』（第一稿＝新潮）、七月『平凡人の手紙』（新潮）『カインの末裔』（新小説）を発表。神近市子との交友破れる。九月『クラヽの出家』（太陽）『実験室』（中央公論）、十月『凱旋』（文章世界）『奇蹟の詛ひ』（東方時論）『芸術を生む胎』（新潮）などを発表、有島武郎著作集第一集『死』が新潮社より出版された。十一月『迷路』（中央公論）『自己主義の考察』（北海タイムス）など発表。十二月、著作集第二集『宣言』（新潮社）出版。
＊ロシア二月革命、十月革命おこる。アメリカ、ドイツに宣戦布告。志賀直哉『和解』・萩原朔太郎『月に吠える』

一九一八年（大正七）　**四〇歳**　一月『暁闇』（新小説）『動かぬ時計』（中央公論）『小さき者へ』（新潮）を発表。二月、著作集第三集『カインの末裔』（新潮社）出版。三月『死を畏れぬ男』（新時代）『生れ出づる悩み』（大阪毎日）など発表。四月『石にひしがれた雑草』（太陽）を発表、著作集第四集『叛逆者』（新潮社）出版。六月、著作集第五集『迷路』（新潮社）出版。七月『武者小路兄へ』（中央公論）、八月『大なる健全性へ』（文章世界）など発表。九月、著作集第六集『生れ出づる悩み』を叢文閣より出版。十月、同志社大学の招きで京都に講演。十一月、著作集第七集『小さき者へ』（叢文閣）出版。
＊富山県に米騒動はじまる。第一次世界大戦終結。

一九一九年（大正八）　**四一歳**　一月『自己を描出したに外ならない「カインの末裔」』（新潮）、二月『御嶽教の中教正となつた祖母』（中央公論）など発表。三月、著作集第八集『或る女』（前編＝叢文閣）出版。四月『ブランド』（白樺）など発表。六月、著作集第九集『或る女』（後編＝叢文閣）出版。十二月、著作集第十集『三部曲』（大洪水の前・サムソンとデリラ・聖餐＝叢文閣）出版。
＊友愛会、大日本労働総同盟に発展。ヴェルサイユ条約締結。『解放』創刊、河上肇個人雑誌『社会問題研究』創刊。バルビュス『クラルテ』

一九二〇年（大正九）　**四二歳**　一月『**内部生活の現象**』

(婦人之友)二月、『イプセン研究』(大学評論)、四月『芸術に就いての一考察』(中央公論)『生活と文学』(文化生活)、五月『溝を埋めよ』(婦人公論)『価値の否定と固定と移動』(人間)など発表。六月、著作集第十一集『惜みなく愛は奪ふ』(叢文閣)出版。八月『一房の葡萄』(赤い鳥)、十一月『卑怯者』(現代小説選集)『文芸家と社会主義同盟に就て』(人間)など発表。著作集第十二集『旅する心』(叢文閣)出版。

＊日本で初めてのメーデー開かる。プロレタリア文学論おこる。

一九二一年(大正一〇)　**四三歳**　一月『自己の要求』(改造)など発表。四月、著作集第十三集『小さき灯』(叢文閣)出版。七月『白官舎』(新潮)、十月『御柱』(白樺)など発表、武郎訳『ホヰットマン詩集』(第一集＝叢文閣)出版。この年、童話『溺れかけた兄弟』『碁石を呑んだ八つちやん』が発表された。

＊首相原敬暗殺さる。社会主義者に無政府主義派と共産主義派との分裂はじまる。第一次、第二次『種蒔く人』創刊。志賀直哉『暗夜行路』(改造)の連載はじまる。

一九二二年(大正一一)　**四四歳**　一月『宣言一つ』(改造)『芸術に就て思ふこと』(大観)『自由は与へられず』(文化生活)『第四階級の芸術』(読売)『広津氏に答ふ』(東京朝日)、三月『主義はない』(野依雑誌)、四月『芸術と革命の関係』(時事新報)など発表。牛込区原町二の七二の借家に移って生活革命を実行する。五月、著作集第十四集『星座』(叢文閣)、六月、童話集『一房の葡萄』(叢文閣)出版。七月『僕の帽子のお話』(童話)『描かれた花』(改造)など発表。狩太の有島農場を解放。八月『火事とポチ』(童話＝婦人公論)など発表。九月、著作集第十五集『芸術と生活』(叢文閣)出版。十月、有島武郎個人雑誌『泉』創刊、『「泉」を創刊するにあたつて』『ドモ又の死』『小作人への告別』など発表。十一、十二月『「静思」を読んで倉田氏に』『「労働運動の道徳的基礎に就いて」について』(『泉』第二、三号)を連載。

＊日本共産党結成。労働文学雑誌輩出、前衛運動広まる。

一九二三年(大正一二)　**四五歳**　一月『酒狂』『文化の末路』(『泉』二巻一号)、二月『或る施療患者』(『泉』二巻二号)『革命心理の前に横はる二岐路』(読売)など発表、武郎訳『ホヰットマン詩集』(第二集＝叢文閣)出版。三月『断橋』『永遠の叛逆』(『泉』二巻三号)、四月『骨』『瞳なき眼』(詩其一)『詩への逸脱』(『泉』二巻四号)『生活革命の動機』(文化生活)『私有農場から共生農園へ』(文章世界)『農場解放顛末』(帝大新聞)など発表。六月『独断者の会話』(『泉』二巻六号)を発表。この九日、波多野秋子と軽井沢の別荘浄月庵に至り自殺。七月『行き詰れるブルジョア』など発表さる。八月、『有島武郎記念号』として『泉』終刊号(二巻七号)が出版され、絶筆の和歌十首が載る。十一月、著作集第十六集『ドモ又の死』(叢文閣)出版。

*関東大震火災おこる。『白樺』『解放』『種蒔く人』廃刊。

参考文献

有島武郎の芸術と生涯　井東　憲　弘文社　大15・6

有島武郎(『作家論』)　正宗白鳥　創元社　昭7・1

有島武郎(『作家論』)　伊藤　整　角川文庫　昭39・10

葉子・伸子・允子　荒　正人　労働文化社　昭22・6

有島武郎論(『白樺派の文学』)　本多秋五　講談社　昭29・7

有島武郎(『日本文学アルバム』9)　瀬沼茂樹　筑摩書房　昭30・4

有島武郎における虚無への転落(『近代日本文学の悲劇』)　佐古純一郎　現代文芸社　昭32・12

有島武郎(座談会『大正文学史』)　本多秋五・勝本清一郎　吹田順助・猪野謙二　岩波書店　昭40・4

有島武郎　山田昭夫　明治書院　昭41・1

有島武郎研究(雑誌『同時代』第五号〜第十六号)　安川定男　黒の会　昭32・7〜昭37・8

有島武郎伝(『文芸』)　瀬沼茂樹　河出書房　昭37・12、昭38・7、昭38・12

有島武郎伝(『文学』)　瀬沼茂樹　岩波書店　昭39・10、昭39・12

有島武郎年譜(現代文学大系22『有島武郎集』)　瀬沼茂樹　筑摩書房　昭39・11

さ く い ん

【作 品】

【人名】

有島武郎■人と作品　　定価はカバーに表示

1966年10月25日　第1刷発行©
2018年4月10日　新装版第1刷発行©

・著　者 ……………………福田清人《ふくだきよと》／高原二郎《たかはらじろう》
・発行者 ……………………野村　久一郎
・印刷所 ……………………法規書籍印刷株式会社
・発行所 ……………………株式会社　清水書院

〒102-0072　東京都千代田区飯田橋3-11-6
Tel・03(5213)7151～7
振替口座・00130-3-5283
http://www.shimizushoin.co.jp

検印省略
落丁本・乱丁本はおとりかえします。

CenturyBooks

Printed in Japan
ISBN978-4-389-40125-2

CenturyBooks

清水書院の〝センチュリーブックス〟発刊のことば

近年の科学技術の発達は、まことに目覚ましいものがあります。月世界への旅行も、近い将来のこととして、夢ではなくなりました。しかし、一方、人間性は疎外され、文化も、商品化されようとしていることも、否定できません。

いま、人間性の回復をはかり、先人の遺した偉大な文化を継承して、高貴な精神の城を守り、明日への創造に資することは、今世紀に生きる私たちの、重大な責務であると信じます。

私たちがここに、「センチュリーブックス」を刊行いたしますのは、人間形成期にある学生・生徒の諸君、職場にある若い世代に精神の糧を提供し、この責任の一端を果たしたいためであります。

ここに読者諸氏の豊かな人間性を讃えつつご愛読を願います。

一九六六年

清水 [illegible]

SHIMIZU SHOIN

【人と思想】 既刊本

老子	高橋　進
孔子	内野熊一郎他
ソクラテス	中野　幸次
釈迦	副島　正光
プラトン	中野　幸次
アリストテレス	堀田　彰
イエス	八木　誠一
親鸞	古田　武彦
ルター	小牧　治・泉谷周三郎
カルヴァン	渡辺　信夫
デカルト	伊藤　勝彦
パスカル	小松　摂郎
ロック	浜林正夫他
ルソー	中里　良二
カント	小牧　治
ベンサム	山田　英世
ヘーゲル	澤田　章
J・S・ミル	菊川　忠夫
キルケゴール	工藤　綏夫
マルクス	小牧　治
福沢諭吉	鹿野　政直
ニーチェ	工藤　綏夫
J・デューイ	山田　英世
フロイト	鈴村　金彌
内村鑑三	関根　正雄
ロマン=ロラン	村上　嘉隆・村上　益子
孫文	横山　英・中山　義弘
ガンジー	坂本　徳松
レーニン（品切）	中野　徹三・高岡健次郎
ラッセル	金子　光男
シュバイツァー	泉谷周三郎
ネルー	中村　平治
毛沢東	宇野　重昭
サルトル	村上　嘉隆
ハイデッガー	新井　恵雄
ヤスパース	宇都宮芳明
孟子	加賀　栄治
荘子	鈴木　修次
アウグスティヌス	宮谷　宣史
トーマス・マン	村田　經和
シラー	内藤　克彦
道元	山折　哲雄
ベーコン	石井　栄一
マザーテレサ	和田　町子
中江藤樹	渡部　武
ブルトマン	笠井　恵二
本居宣長	本山　幸彦
佐久間象山	奈良本辰也・左方　郁子
ホッブズ	田中　浩
田中正造	布川　清司
幸徳秋水	絲屋　寿雄
スタンダール	鈴木昭一郎
和辻哲郎	小牧　治
マキアヴェリ	西村　貞二
河上肇	山田　洸
アルチュセール	今村　仁司
杜甫	鈴木　修次
スピノザ	工藤　喜作
ユング	林　道義
フロム	安田　一郎
マイネッケ	西村　貞二
エラスムス	斎藤　美洲
パウロ	八木　誠一
ブレヒト	岩淵　達治
ダンテ	野上　素一
ダーウィン	江上　生子
ゲーテ	星野　慎一
ヴィクトル=ユゴー	辻　昶・丸岡　高弘
トインビー	吉沢　五郎
フォイエルバッハ	宇都宮芳明

ラス=カサス　染田秀藤
吉田松陰　高橋文博
パステルナーク　前木祥子
パース　岡田雅勝
南極のスコット　中田修
アドルノ　小牧治
良寛　山崎昇
グーテンベルク　戸叶勝也
ハイネ　一條正雄
トマス=ハーディ　倉持三郎
古代イスラエルの預言者たち　木田献一
シオドア=ドライサー　岩元巌
ナイチンゲール　小玉香津子
ザビエル　尾原悟
ラーマクリシュナ　堀内みどり
フーコー　今村仁司・栗原仁
トニ=モリスン　吉田廸子
悲劇と福音　佐藤研
リルケ　星野慎一・小磯仁
トルストイ　八島雅彦
ミリンダ王　森祖道・浪花宣明
フレーベル　小笠原道雄

ヴェーダからウパニシャッドへ　針貝邦生
ベルイマン　小松弘
アルベール=カミュ　井上正
バルザック　高山鉄男
モンテーニュ　大久保康明
ミュッセ　野内良三
ヘルダリーン　小磯仁
チェスタトン　山形和美
キケロー　角田幸彦
紫式部　沢田正子
デリダ　上利博規
ハーバーマス　小牧治・村上隆夫
三木清　永野基綱
グロティウス　柳原正治
シャンカラ　島岩
ハンナ=アーレント　太田哲男
ミダース王　西澤龍生
ビスマルク　加納邦光
オパーリン　江上生子
アッシジのフランチェスコ　川下勝
スタール夫人　佐藤夏生
セネカ　角田幸彦

ペテロ　川島貞雄
ジョン・スタインベック　中山喜代市
漢の武帝　永田英正
アンデルセン　安達忠夫
ライプニッツ　酒井潔
アメリゴ=ヴェスプッチ　篠原愛人
陸奥宗光　安岡昭男